पेंगुइन स्वदे

बन्द दरवाज़ा

अमृता प्रीतम पंजाबी के सबसे लोकप्रिय लेखकों में से एक थी। अमृता प्रीतम का जन्म 1919 में गुजरांवाला पंजाब (भारत) में हुआ। उनका बचपन लाहौर में बीता और शिक्षा भी वहीं हुई। किशोरावस्था से उन्होंने लिखना शुरू किया। उन्होंने सौ से अधिक कविताओं की किताब लिखी, साथ ही फिक्शन, बायोग्राफी, आलेख और आटोबायोग्राफी लिखकर साहित्य में नया मुकाम हासिल किया। इनकी तमाम पुस्तकों का कई भारतीय भाषाओं सहित विदेशी भाषाओं में भी अनुवाद हुआ। अमृता प्रीतम पहली महिला लेखिका हैं, जिन्हें 1956 में साहित्य अकादमी पुरस्कार मिला। 1982 में उन्हें *काग़ज़ ते कैनवास* के लिए ज्ञानपीठ पुरस्कार मिला। 2004 में पद्मविभूषण भी प्रदान किया गया।

बन्द दरवाज़ा

अमृता प्रीतम

पेंगुइन स्वदेश
पेंगुइन रैंडम हाउस इंप्रिंट

पेंगुइन स्वदेश

यूएसए। कनाडा। यूके। आयरलैंड। ऑस्ट्रेलिया। सिंगापुर
न्यू ज़ीलैंड। भारत। दक्षिण अफ्रीका। चीन

पेंगुइन स्वदेश, पेंगुइन रैंडम हाउस ग्रुप ऑफ़ कंपनीज़ का हिस्सा है,
जिसका पता global.penguinrandomhouse.com पर मिलेगा

पेंगुइन रैंडम हाउस इंडिया प्रा. लि.,
चौथी मंज़िल, कैपिटल टावर-1, एम जी रोड,
गुरुग्राम 122 002, हरियाणा, भारत

पेंगुइन
रैंडम हाउस
इंडिया

प्रथम हिन्दी संस्करण हिन्द पॉकेट बुक्स द्वारा 1969 में प्रकाशित
प्रस्तुत हिंदी संस्करण पेंगुइन स्वदेश में पेंगुइन रैंडम हाउस द्वारा 2026 में प्रकाशित

10 9 8 7 6 5 4 3 2

ISBN 9789353495701

मुद्रकः रेप्रो इंडिया लिमिटेड

www.penguin.co.in

FSC www.fsc.org MIX Paper from responsible sources FSC® C047271

This is a legitimate digitally printed version of the book and therefore might not have certain extra finishing on the cover.

बन्द दरवाज़ा

कम्मी झूले में पड़ी हुई थी। किस्मत ने उसके पांयते की ओर खड़े होकर देखा:

कम्मी की मां तारा जब अभी मासूम बच्ची ही थी कि वह अपने

माता-पिता के वृक्ष से एक शाखा की तरह टूट गई थी। मौत ने उसके साथ जो हाथ खेला था, वही हाथ ज़िंदगी ने उसके साथ खेला था; मां को मौत ने अलग कर लिया और बाप को ज़िंदगी ने। मां उस देश चली गई थी जिसका नाम किसीको नहीं आता, और पिता उस देश चला गया था, जिसे सियाम कहते हैं। मां की खबर तो उसे फिर कभी मिलनी ही नहीं थी, परन्तु बाप के अच्छे व्यापार की खबर ने भी लड़की के घावों पर कोई फाया नहीं लगाया। वह अपने चाचा के पास अपने गांव रामपुर में रहती थी।

आयु के वर्ष जैसे-जैसे तारा के माथे पर रेखाएं डालते गए थे, वे रेखाएं, सोचें बनने लग गई थीं। अपनी चाची के कहने पर जब वह खेतों में गोभी के खिले हुए फूल और सफेद माखन के गोलों की तरह के शलजम लेने जाती थी, तो उसे महसूस होता था कि ये चाची के बेटे-बेटियां हैं—गोरे, सफेद, भरे हुए शरीर वाले और खिले हुए। वह शलजमों के पत्ते उतारकर उन्हें कुएं पर बैठकर धोती, वे और सफेद निकल आते। वह मूलियों की मिट्टी उतारती, वे और सुन्दर निकल आती—और तारा को महसूस होता कि उसका अपना शरीर और उसका मुंह इस तरह होता जा रहा था, जिस तरह शीतकाल में उसकी चाची ने गोभियों और शलजमों को काटकर लम्बे-लम्बे हार पिरो लिए थे और फिर दीवारों में कीलें ठोंककर उन्हें महीनों सूखने के लिए डाल छोड़ा था—इन गोभियों और शलजमों के टुकड़े पहले सफेद से पीले हुए थे, फिर उनके उभरे हुए शरीर सूखने लगे थे, और फिर उनके चेहरे बिलकुल सूख गए थे।

तारा के मन में एक बल पड़ता था और उसके हाथ भिच जाते थे, और वह कुएं की जगत पर बैठकर जब ताज़े और मोटे सफेद शलजमों को धोती अथवा लम्बी-लम्बी पतली मूलियों को साफ करती, कोई शलजम अथवा मूली वह हाथों से बहा देती। इस तरह उसे ऐसा लगता था कि उसने चाची से छोटा-सा बदला ले लिया था।

तारा माता-पिता के वृक्ष से टूटी हुई शाखा थी। वह शरीर से भी सूख

गई थी और मन से भी सूखती जा रही थी। फिर एक होनी हो गई। कहते हैं, उसका पिता हज़ारों रुपयों की थैलियां भरकर घर वापस आया और वापस पाए को अभी एक वर्ष भी व्यतीत नहीं हुआ था कि वह भी उसी देश चला गया, जिसका किसीको नाम नहीं आता।

कहते हैं कि चाचा ने गवाह की मुट्ठी में मोहरें देकर अपने मरनेवाले भाई की वसीयत फाड़ दी थी और फिर कहते हैं कि जिन थैलियों में मोहरें भरी हुई थीं, वे किसीने न देखीं। वैसे चाची की बूढ़ी बांहों ने अपनी जवानी का उलाहना उतार दिया था। उसने बीस-बीस तोले के सोने के बाजूबन्द बांहों में पहन लिए थे, और बीस-बीस तोले के भारी गोखरू हाथों में। अपनी बेटियों के विवाह के लिए चेहरेशाही मोहरों की बुगतियां बनवाई थीं, और जब सुनार ने लड़कियों के माप लेकर हाथों की पौंचियां घड़ी थीं तो उसने बार-बार कहा था, "शाह ने बादशाहोंवाला दिल निकाला है; सिर से पांव तक लड़कियां लद जाएंगी।"

चाचा की बेटियां जैसे-जैसे लादी जाने लगी थीं, मरनेवाले ताऊ की बेटी सूनी होती जा रही थी। चाचा को जैसे-जैसे लोग बादशाह कहते जाते थे, वैसे-वैसे ही भतीजी को यह महसूस होता था कि किसीने उसके भविष्य में सेंध लगा ली है। अल्हड़ लड़की अब अल्हड़ नहीं थी। अब वह अपनी छाती पर चुन्नी का पल्ला रखने लग पड़ी थी।

"चाहे इस बार फसल नहीं हुई, परन्तु अच्छा ज़रूरतमन्द घर है। जो भी सामर्थ्य है, देकर तारा के हाथ पीले कर देती हूं।" चाची गांव की औरतों से कह रही थी। तारा ने सुना था और उसे ऐसा लगा था—'अब...अब शायद उसके हृदय की सूखी टहनी फिर हरी हो जाएगी, बिलकुल हरी!'

हरी टहनी बनने की आशा में तारा ने कितने ही दिन मैले कपड़े पहनकर माइयें[1] पड़ने की रस्म पूरी की थी। वैसे उसकी अल्हड़ जवानी

1. पंजाब में विवाह से कुछ दिन पूर्व कुमारियां मैले कपड़े पहनती हैं; उस रस्म का नाम।

उनके कानों में कहती थी, 'तू तो बावरी जब से पैदा हुई है, तब से ही माइयें पड़ी हुई है। लोग तो चार दिन ही माइयें पड़ते हैं...'

चाची के कहने के अनुसार तारा के हाथ पीले हो गए। वह अपनी कलाइयों की ओर देखती रही थी, कोई सुनार उसका माप लेने नहीं आया था। उसकी कलाई में सोने का एक पुराना कंगन बिना माप के ही अड़ा दिया गया था और जिस 'ज़रूरतमन्द' घर की प्राशा से उसे लगा था कि वह किसी दिन फिर बिलकुल हरी टहनी बन जाएगी, वही घर उसे काटने-छीलने लग गया था।

तारा के पति की मुट्ठी गर्म नहीं हुई थी, इसलिए मुट्ठी की जगह उसकी ज़बान गर्म हो गई थी। वह छोटी-छोटी बातों पर भी नई-नवेली को कहने लगता था, "आ तेरा बदन सेंकूं!"

आए दिन उसका बदन सेंका जाने लगा और तारा, सूखी हुई टहनी, दुखने लग पड़ी थी और फिर उसकी जवानी धुएं से काली पड़ने लग गई थी।

'औरत की जवानी चाहे सूख जाए, परन्तु उसकी कोख हरी हुए बिना नहीं रहती।' तारा बासी रोटी पर अचार की फांक रखकर खाती थी और सोचती थी—और फिर वर्ष के भीतर ही तारा की धुएं से काली हो रही जवानी से एक सफेद कली उग आई, कम्मी।

कम्मी अभी झूले में थी, जब एक दिन उसके पिता ने फिर अपनी पत्नी को पीटा।

मां की चीखें झूले में पड़ी हुई कम्मी के कानों में पड़ीं। कम्मी के अबोध कानों को समझ कुछ नहीं लगी, पर तिड़-तिड़ करती लकड़ी में से एक चिंगारी उड़कर उसके अचेत मन में प्रवेश कर गई।

2

"तेरे गांव से पत्र आया है।" एक दिन कम्मी के पिता ने कम्मी की माता को कहा। कम्मी के माता-पिता अब लुधियाना आ गए हुए थे।

"किसका पत्र?"

"तेरी सहेली होती थी न, बालो, उसके पति का।"

"क्या लिखा है उसने?"

"उसे शहर में कोई काम है। लिखा है कि मेरी पत्नी और मेरा बेटा भी शहर देखना चाहते हैं। मैं तीन-चार दिन के लिए तुम्हारे पास रहूंगा; वे भी मेरे साथ आएंगे।"

"फिर?"

"फिर क्या, मैंने लिख दिया है, आ जाओ।"

"क्यों लिख दिया?"

"क्यों, तुझे दो रोटियां अधिक बनाने में कुछ कष्ट होता है?"

"दो रोटियों का कष्ट मुझे क्या होना है, पर वे न ही आएं तो अच्छा है।"

"क्यों?"

"यहां ढकी पकती है, कोई क्यों देखे? आप तो बोलने से रुकेंगे नहीं, फिर क्यों पराये कानों में आवाज़ जाए।"

"मेरी ज़बान को कांटे लगे हुए हैं?"

"काटे लगे हुए हैं कि फूल, यह तो परमात्मा ही जानता है, पर मुझे तो सारी आयु सहना ही है, लोग क्यों तमाशा देखें?"

कम्मी का बाप इस बात से भी गर्म हो गया और कम्मी की मां सारी रात अपने शरीर पर रुई का सेंक करती रही।

बालो, उसका पति और लड़का सत्यपाल जिस दिन आए, कम्मी की मां बड़ी कठिनाई से चारपाई से उठने योग्य हुई थी।

"हाय मैं मर जाऊं...तुम तो आगे से भी गई-गुज़री हो गई हो!" बालो आकर देर से बिछुड़ी हुई सहेली से लिपट गई।

कोई समय था, जब दोनों सहेलियों ने एक-दूसरी से अपनी चुनरी

बदल ली थी। गांव की एक ताई हरिद्वार से गगाजल लाई थी, और दोनों लड़कियों ने गंगाजल के चुल्लू भरकर अपनी चुनरियां बदल ली थीं। रेवड़ियों का प्रसाद बांटकर दोनों एक-दूसरे की पक्की सहेलियां बन गई थीं।

और फिर बालो ने अपने विवाह के समय अपने कलीरे का खोपा तारा के सिर पर मारा था। कहते हैं, जब कोई सहेली अपने कलीरे का खोपा अपनी कुमारी सहेली के सिर पर मारे, तो फिर उसका भी विवाह शीघ्र ही हो जाता है।

तारा को सब कुछ याद हो पाया और फिर उसका मन उबल पड़ा। उसके जी में आया कि वह कहे, 'मेरी बालो...! किस दिल से तूने मेरे सिर पर कलीरा मारा था? विवाह तो मेरा हो गया, पर यह कैसा विवाह हुआ?' पर फिर तारा ने अपना मन रोक लिया और सोचने लगी, 'सहेलियां चुनरी तो बदल सकती हैं, पर दिल नहीं बदल सकतीं...।' हंसकर कहने लगी, "कुछ नहीं बालो, सीढ़ियों से गिर पड़ी थी, सारे शरीर पर नील पड़ गए हैं। बड़ी कठिनाई से आज चारपाई से उठने योग्य हुईं हूं।"

कम्मी सुन रही थी। दस वर्षों की कम्मी। वह जानती थी, उसकी मां ने झूठ बोला था। वह सीढ़ियों में से कोई नहीं गिरी थी। उसके बाप ने मार-मारकर उसके शरीर पर नील डाल दिए थे। वह कम्मी से रुई गर्म करवाकर अपने शरीर पर बांधती रही थी।

कम्मी आज की नहीं, जब से पैदा हुई थी, अपनी मां के शरीर के नील पहचानने लग पड़ी थी। वह कई बार मां के साथ बातें भी कर लेती थी...

"मां, तुम गांव क्यों नहीं चली जाती?"

"कौन-से गांव जाऊं, कम्मी! जन्म देनेवाले रहे कोई नहीं, और ब्याहनेवाले बाहर से ही दुतकार देंगे।" और फिर कम्मी अचानक पूछ लेती, 'मां, तुमने विवाह क्यों करवाया था?"

"विवाह तो सभीको करवाना पड़ता है कम्मी! लड़की की जात ही ऐसी होती है।"

"और फिर विवाह करके मार खानी पड़ती है?"

"बेटियों के दो जन्म होते हैं, कम्मी! विवाह उसका दूसरा जन्म होता

है। अपनी-अपनी किस्मत की बात होती है।”

कम्मी को किस्मत की बात समझ में न आती, और फिर वह ज़िद डालकर कहती:

“मां, मुझे बाऊजी अच्छे नहीं लगते।”

कम्मी पहले अपने बाप को पिताजी कहा करती थी, परन्तु आजकल शहरी लड़कियों की नकल कर वह उसे ‘बाऊजी’ कहने लग गई थी।

“तुम्हें तो वे बहुत प्यार करते हैं, कम्मी।”

“पर जिस समय वे तुम्हें मारते हैं, मुझे अच्छे नहीं लगते। मां, तुम बाऊजी के पास क्यों रहती हो?”

“और कहां रहूं कम्मो! औरत गुंधे हुए आटे की तरह होती है। भीतर रखो तो चूहे खा जाते हैं और बाहर रखें तो कौए पड़ते हैं।”

कम्मी को चूहों और कौओं की बात भी कभी समझ में नहीं आती थी। पर मां उठकर चौके में चली जाती थी और कम्मी को स्कूल का काम करना पड़ जाता था।

आज कम्मी की मां ने कम्मी के सामने झूठ बोला था। वह सीढियों में से नहीं गिरी थी, पर वह अपनी सहेली को कह रही थी कि सीढ़ियों में से गिरने के कारण उसके सारे शरीर पर नील पड़ गए हैं।

कम्मी जब झूले में थी तो जो चिंगारी उसके बालमन में पड़ गई थी, आज इस झूठ की फूंक ने उसको भड़का दिया था और कम्मी को अपने-आपसे एक प्रकार का सेंक आने लग पड़ा।

3

कम्मी अपने शहर में पांचवीं श्रेणी में पढ़ती थी और सत्यपाल अपने गांव में नौवीं में। वह कम्मी से चार वर्ष बड़ा था।

आज पाल ने कम्मी को स्कूल के सारे सवाल समझा दिए और कम्मी

ने शीघ्रता से स्कूल का काम खतम कर पाल से पूछा :

"पाली, तुम्हारा गांव कैसा है?"

"वहां मिट्टी के बने हुए कच्चे घर हैं। तुम्हारे शहर जैसी रौनक वहां नहीं होती। वहां बाजार भी इस तरह के नहीं होते। वहां इस प्रकार की चीजें भी नहीं बिकतीं। पर मुझे वह अच्छा लगता है......."

"मुझे भी अपनी दादी का गांव अच्छा लगता है। वहां भी कच्चे घर होते हैं। बाज़ार भी कोई नहीं होते। चीज़ें भी कोई नहीं बिकतीं। परन्तु मुझे वहां अच्छा लगता है।"

"मेरा स्कूल वहां से तीन मील पर है। तेरा तो यहां पास ही है—पर स्कूल से वापस आते रास्ते में हम अमरूद तोड़कर खाते हैं, साथ ही रास्ते में कमल के फूलों का एक तालाब भी आता है।"

"कमल के फूल?"

"हां, तेरे नाम का फूल।"

"उसका रंग कैसा है?"

"कोई एक रंग का फूल थोड़ा ही होता है। किसी फूल का सफेद होता है, किसीका नीला और किसीका तांबे जैसा।"

"कमल के फूलों का तालाब देखने को मेरा मन करता है।"

"तू हमारे गांव आएगी?"

"पता नहीं।"

"यदि तुम आओ, तो मैं बेरी पर भी चढ़ सकता हूं। तुझे बेर उतारकर खिलाऊंगा।"

बातचीत करते-करते कम्मी और पाली ने फिर कहानियां सुनानी आरम्भ कर दी। पाली सुना रहा था :

"एक थी शाहज़ादी और एक था शाहज़ादा। लोग कहते थे, ईश्वर ने दोनों को अपने हाथों से खाली समय बैठकर गढ़ा था। और फिर दोनों को संसार की सैर करने के लिए उसने धरती पर भेज दिया। एक दिन दोनों घोड़ों पर सवार हो सैर कर रहे थे कि उन्हें कमल के फूलों का तालाब दिखाई दिया। दोनों घोड़ों से उतरकर उस तालाब के किनारे खड़े हो गए और

शाहज़ादी कहने लगी कि मैं वह सुनहरी कमल तोड़ूंगी। शाहज़ादे ने बहुत कहा कि कमल किनारे से बहुत दूर हैं, उसे धीरज रखना चाहिए, और वह किसी ढंग से कमल तोड़ देगा। परन्तु शाहज़ादी धीरज न रख सकी। उसने किनारे पर खड़े होकर जब बांह लम्बी की तो उसका पांव फिसल गया और वह तालाब में गिर गई। शाहज़ादा उसे जल्दी से तालाब से निकालने लगा, पर इतने में एक बहुत बड़े दैत्य ने आकर शाहज़ादे को तालाब में धक्का दे दिया और जल्दी से शाहज़ादी को तालाब से निकालकर अपने घोड़े पर बिठा लिया, और वह घोड़ा दौड़ाता हुआ चला गया..."

"पाली, मुझे डर लगता है...फिर?"

"फिर उस दैत्य ने उस शाहज़ादी को एक किले में बन्द कर दिया।"

"फिर?"

"वह रोज़ शाहज़ादी को कहता था कि यदि वह उसके साथ विवाह कर ले तो वह उसे किले की रानी बना देगा।"

"यह विवाह बड़ी खराब बात होती है, पाली!"

"और शाहज़ादी उसकी बात नहीं मानती थी।"

"फिर?"

"किला चारों ओर से बन्द था, और शाहज़ादी को दुर्ग के ऊपर के बुर्ज में कैद किया हुआ था। रोज़ शाहज़ादी जब अपने बालों में कंघी करती थी, तो वह अपने उतरे बालों को बुर्ज के छोटे-छोटे झरोखों से बाहर फेंक देती थी।"

"क्यों?"

"उसके बाल बहुत ही सुन्दर थे, सोने की तारों जैसे। वह जानती थी कि इस तरह के बाल और किसीके नहीं। वह सोचती थी कि उसका शाहज़ादा तलाश क़रता हुआ उधर आ जाए तो किले की दीवार के पास गिरे हुए बालों को देखकर उसे पता लग जाएगा कि वह इस किले में कैद है।"

"फिर पाली, वह शाहज़ादा आया कि नहीं? उसे तो दैत्य ने तालाब में धक्का दे दिया था। वह मर गया था?"

"नहीं कम्मी, वह मरा नहीं था। वह कमल के फूलों की लम्बी-लम्बी

नालों को पकड़कर जब तालाब से बाहर आया, उसने शाहज़ादी को ढूंढ़ना शुरू कर दिया। सारे जंगल उसने ढूंढ़ मारे, पर उसे कहीं भी शाहज़ादी का पता नहीं लगता था।"

"वह किले की ओर से नहीं गया?"

"फिर एक दिन ढूंढ़ते-ढूंढ़ते वह किले की ओर चला गया। दुर्ग चारों ओर से बन्द था और उसके चारों ओर सिपाही पहरा दे रहे थे। इतनी देर में हवा का झोंका आया और शाहज़ादी के बाल उड़कर शाहज़ादे के पांवों के पास आ गए। उसने तुरन्त पहचान लिया और समझ गया कि शाहजादी को किसीने उस किले में बन्द कर रखा है।"

"फिर पाली?"

"वह अकेला था, और वहां सिपाही बहुत थे। वह उनके साथ किस तरह लड़ता! फिर उसने एक बहुत सुन्दर कबूतर पाला और एक दिन दूर खड़े हो उस कबूतर को किले के बुर्ज की ओर छोड़ दिया। कबूतर उड़कर बुर्ज की खिड़की में बैठ गया। शाहज़ादी ने देखा कि कबूतर के पांवों में एक कागज़ बंधा हुआ था। शाहजादी ने बड़े प्रेम से कबूतर के पांवों से वह कागज़ खोल लिया।

"वह शाहज़ादे ने चिट्ठी लिखी थी?"

"हां, कम्मी। शाहज़ादी ने उस चिट्ठी को पढ़ लिया, परन्तु उसका उत्तर लिखने के लिए उसके पास कलम-दवात कुछ नहीं थी।"

"फिर?"

"सोच-सोचकर शाहज़ादी ने अपने कुछ बाल काटकर कबूतर के पंखों से बांध दिए और कबूतर को उड़ा दिया। कबूतर उड़कर शाहज़ादे के पास आ गया। शाहज़ादे को ठीक पता लग गया कि शाहज़ादी को उसकी चिट्ठी मिल गई और उसने अपने सुनहरी बाल भेजकर उसे बता दिया कि वह वहां कैद है..." पाली ने कहानी सुनाते-सुनाते देखा कि कम्मी वहीं दरी पर ही, उसकी बांह पर सिर रखकर सो गई हुई थी।

खाना खा-पकाकर और बिस्तरे बिछाकर जब मां ने कम्मी और पाली को दरी पर से उठाया, कम्मी आंखें मलती हुई उठी, और उसने देखा कि वह पाली की बांह पर सिर रखकर सो रही थी। पाली ने बांह सीधी की और

धीरे से बांह को दबाया।

"पाली, मैं यहां ही सो गई थी?"

"हां।"

"तुमने अपनी बांह क्यों नहीं हटा ली, थक गई होगी!"

"मैं सोचता था कि कहीं तुम जाग न जाओ।"

"पाली, मैंने एक बहुत बुरा स्वप्न देखा।"

"क्या?"

"मैं और मां तुम्हारे गांव जा रहे थे।"

"फिर?"

"रास्ते में कमल के फूलों का एक तालाब आया, और जब मैं कमल का फूल तोड़ने लगी तो उस तालाब में गिर पड़ी। मेरी मां रोने लग पड़ी, और फिर एक दैत्य ने आकर मुझे तालाब में से निकाला। मैं बेहोश पड़ी थी। वह दैत्य मुझे घोड़े पर बिठाकर भाग गया!"

"पगली, मैंने तुम्हें इसी तरह की जो कहानी सुनाई थी!"

"आगे भी सुनो, फिर मुझे दैत्य ने किले में बन्द कर दिया।"

"फिर तुम्हारे बाल सुनहरी हो गए?"

"नहीं पाली, तुम तो मज़ाक करते हो! मुझे तो अब भी डर लग रहा है। देखो, मेरे हाथ कांप रहे हैं!"

"फिर?"

"फिर मैंने सारा किला देखा, मुझे कहीं भी उसका दरवाज़ा दिखाई नहीं देता था। मैं सारा ज़ोर लगाकर उड़ने का यत्न करने लगी।"

"फिर?"

"मुझे इतना ज़ोर लगाना पड़ा कि मेरा सांस फूल गया। पर मैंने देखा कि मेरे पांव ज़मीन से ऊपर की ओर उठने लगे। मैं ऊपर उठती गई, उठती गई और फिर किले की सबसे ऊपर की दीवार से भी ऊपर हो गई।"

"फिर?"

"फिर आगे आकाश ही आकाश था। मैं उड़ती गई। नीचे से किले के लोगों ने देखा, मैं किले से भाग निकली हूं। सब ही नीचे खड़े होकर मुझे

आकाश में देखते रहे। परन्तु मुझ तक किसीका हाथ नहीं पहुंच सकता था।"

"फिर?"

"फिर मेरी नींद खुल गई।"

"चल उठ, अपनी चारपाई पर सो न।"

"पर पाली, तेरी कहानी तो समाप्त ही नहीं हुई थी। उस शाहज़ादी का क्या हुआ?"

"बाकी की कहानी कल सुनाऊंगा। अब मां कह रही है कि कहानियां बन्द करो और अपनी-अपनी चारपाई पर सो जाओ।"

4

दूसरे दिन शनिवार था। कम्मी के स्कूल में हर शनिवार को बच्चों को या तो कोई फिल्म दिखाई जाती थी या कोई नाटक खेला जाता था, या पुतलियों का तमाशा दिखाया जाता था, या बच्चों को शहर से बाहर 'पिकनिक' के लिए ले जाया जाता था। इस बार एक नाटक खेला जाना था। कम्मी ने पाली के लिए टिकट खरीद ली।

नाटक समाज-सुधार की एक छोटी-सी कहानी थी। कम्मी और पाली देख रहे थे। उस नाटक में पहले एक छोटी-सी लड़की फूलों के पौधों के पास खड़ी हो, अपनी चुनरी को हवा में उड़ाती हुई खेल रही थी। फिर एक साथी लड़के ने आकर उसकी चुनरी को दूसरे सिरे से पकड़ लिया था और दोनों चुनरी को हवा में लहराते, फूलों के आसपास घूमते भाग रहे थे। भागते-भागते दोनों पर्दे के पीछे चले गए और दूसरे ही क्षण, पहली उमर के बच्चों से दस-दस वर्ष बड़े बच्चे उसी प्रकार चुनरी के किनारों को पकड़ हवा में लहराते, दौड़ते और गाते आ गए। नाटकवालों का भाव था कि दोनों बच्चे अब जवान हो गए हैं। उसी तरह साथी हैं, उसी तरह खेल रहे हैं। पर अब उनकी खेल कुछ बड़ी हो गई। अब उनके होंठों पर गीत आ गए हैं।

कम्मी और पाली ने जसे चौंककर एक-दूसरे की ओर देखा, दोनों के मुंह पर एक ही तरह का संकोच था। एक क्षण के लिए दोनों को ऐसा लगा कि वे ही दोनों जवान हो गए हैं। वे ही दोनों खेल रहे हैं। उन्हींके होंठों पर गीत आ गए हैं।

कम्मी को जैसे आगे का सारा नाटक दिखाई ही न दिया। यही खेल उसकी आंखों में रच गया था। नाटक समाप्त हुआ और दोनों घर वापस आ गए।

दूसरे दिन प्रातः ही कम्मी जब सोकर उठी, उसने पाली की बांह को पकड़कर कहा, "पाली, आज फिर मुझे एक बहुत बुरा स्वप्न दिखाई दिया है।"

"क्या?"

"मैंने देखा है, मैं एक फूलोंवाले बाग में अपनी चुनरी के साथ खेल रही थी।"

"कल ड्रामा जो देखा था!"

"आगे भी सुनो न, मैं खेल रही हूं और मेरी चुनरी कांटों में उलझ जाती है।"

"तू मुझे आवाज़ दे लेती तो मैं तेरी चुनरी छुड़ा देता।"

"तुम भी वहीं थे, परन्तु मैं जहां से भी चुनरी छुड़ाती थी वहीं से ही चुनरी फट जाती थी। तुम भी चुनरी को छुड़ाते थे, परन्तु चुनरी फटती ही जा रही थी।"

"फिर?"

"फिर मैं रोने लग गई। मेरी इतनी सुन्दर चुनरी फट गई—और रोते-रोते मेरी नींद खुल गई। मुझे स्वप्नों से बड़ा डर लगता है पाली!"

"तुम रात को गीता का पाठ करा करो। मेरी मां कहती है, यदि रात को ईश्वर का नाम लेकर सोएं तो स्वप्नों में डर नहीं लगता।"

"मेरी मां भी रोज़ गीता का पाठ करती है—पर गीता पढ़ने से कुछ नहीं होता पाली!"

"तुमने पढ़कर देखी है?"

"मुझे पाठ करना अच्छा नहीं लगता।"

"क्यों?"

"पता नहीं।"

"तुझे पता है कम्मी, तू मुझे बताती नहीं!"

"बतानेवाली बात नहीं है, बड़ी ही खराब बात है।"

"मुझे भी नहीं बताओगी?"

"नहीं।"

कम्मी और पाली बातों में लगे हुए थे। दोनों को इस प्रकार घुसर-पुसर करते हुए देख पाली की मां ने कहा : "बहिन!"

"हां, बालो।"

"देख री, दोनों एकसाथ खेलते कितने प्यारे लग रहे हैं!"

"हमउमर जो ठहरे।"

"सगाई कर दो कम्मी की पाली के साथ। सीता-राम की जोड़ी है।"

"कम्मी तेरी बेटी भी तो है बालो, मेरी कोई ज्यादा ही है!"

"बहुएं भी तो बेटियां ही होती हैं।"

"मुझे और क्या चाहिए बालो! तुम तो मां का प्यार भी दोगी और सास का दुलार भी।"

"ले फिर अपनी ज़बान पर पक्की रहना! आज से कम्मी हमारी हुई।"

"तेरा दिल न फिर जाए, मैं तो ज़बान से नहीं फिरती।"

दोनों सहेलियां बातचीत करती कुछ दूर चली गईं। पाल कम्मी के मुंह की ओर देखने लग पड़ा।

"पाली!"

"हां।"

"विवाह बहुत खराब बात होती है! लड़कियों को कभी विवाह नहीं करना चाहिए।"

"यदि लड़कियां विवाह नहीं कराएंगी तो लड़के किससे विवाह करेंगे!"

"यह मुझे पता नहीं, पर लड़कियों को विवाह नहीं कराना चाहिए। मैं तो कभी विवाह नहीं कराऊंगी।"

पाल कम्मी के चेहरे की ओर देखता रह गया।

दीवार अपने स्थान पर से हिलने लग गई। इस तरह, जैसे वह ईंटों, मिट्टी अथवा चूने की दीवार न होकर एक गत्ते की दीवार हो। उसको कोई

बाहर से धकेल रहा था और वह अन्दर को सरकती जा रही थी।...फिर जैसे कोई बाहर से दीवार को खुरचने लग गया हो। बड़ी धीमी आवाज़ थी। पता नहीं किसी चाकू की थी अथवा नाखूनों की। दीवार पर से पलस्तर झड़कर परे जा पड़ा। —बाहर बड़ा अंधेरा था। परन्तु कम्मी को एक हाथ का झलका हुआ—एक चीख कम्मी के गले में रुक गई।

कम्मी ने हाथ से अपने गले को टटोला। उसका सांस रुककर आ रहा था। दूर अंधेरे में उसने नज़र दौड़ाई, परन्तु रात भिंची मुट्ठी की तरह बन्द थी। उसने अपने आसपास हाथ पसारा, उसकी रज़ाई अपने स्थान पर अडोल पड़ी थी। उसका हाथ उसके तकिये की ओर पड़े हुए मेज़ को लगा और उसने मेज़ पर पड़े हुए पानी के गिलास को टटोला। उसके सारे शरीर में पसीना आया हुआ था। पानी का गिलास जाने अपने-आप ही उसके मुंह से लग गया।

उसके सारे शरीर पर एक शीतल छिड़काव हुआ। अपने गले को टटोला, अब उसे आसानी से सांस आ रहा था।

'कितना भयानक सपना था...' कम्मी ने सोचा, 'मेरे कमरे की दीवार को कोई हाथ से हिला रहा था...' और कम्मी मनोविज्ञान की उस किताब के बारे में सोचने लग गई जिसमें वह पिछले दिनों अजीब-अजीब और बेसिर-पैर के स्वप्नों का विवरण पढ़ती रही थी।

अभी-अभी अपने शरीर पर आया हुआ पसीना उसे ठंडा लगने लग पड़ा। गिलास के ठंडे पानी ने उसकी पीठ में एक झुनझुनी-सी पैदा कर दी। उसने रज़ाई को अपने कन्धों की ओर खींचा और आंखें बन्द करके सोने का प्रयत्न करने लग गई।

'थप...थप!...' साफ जैसे कोई उसका दरवाज़ा खटखटा रहा हो। कम्मी चौंककर उठ बैठी।

किसी तरफ से कोई आवाज़ नहीं आ रही थी। कम्मी ने अपने कानों को टटोला। जैसे वह कानों का दोष ढूंढ़ रही हो।

उसने फिर सारा ध्यान एकत्र किया। छोटे से छोटा खटका भी कहीं नहीं था। उसने अपने तकिये को हिलाया। चादर पर मामूली-सी सरक भी उसे सुनाई दी। उसने सोचा, उसके कान ठीक थे। फिर यह आवाज़ कहां

से आई थी? आज उसे किस तरह के स्वप्न पा रहे थे! ...उसने अपने दोनों कान अंधेरे की छाती से लगा दिए, परन्तु सारा अंधेरा एक रहस्य की तरह मौन था।

इस बार उसे लगा—वह सोई हुई नहीं थी, उसे पक्का पता था, वह जाग रही थी। परन्तु उसने एक आवाज़ सुनी थी। सचमुच एक आवाज़ सुनी थी। कोई कहीं पर दीवार कुरेद रहा था, कोई कहीं दरवाज़े को हिला रहा था।

कम्मी ने घबराकर कमरे की बत्ती जलाई। दीवारें, दरवाज़े, खिड़कियां, और सब कुछ अपने-अपने स्थान पर ठीक था। और कहीं कोई आवाज़ नहीं थी।

कम्मी ने अपने माथे को टटोला। उसके माथे पर पसीना आया हुआ था। फिर उसका ध्यान अपने पैरों की ओर गया। ठंडे फर्श पर उसके पैर ठिठुर रहे थे। 'अजीब हालत है!' कम्मी ने अपने-आपको कहा, 'शरीर के एक अंग पर पसीना और एक अंग में सर्दी का कम्पन'...उसे अपने अकेले कमरे में डर लगने लग गया। उसके मन में आया, वह साथ की बैठक को पार कर उसके अगले कमरे में अपनी मां के पास चली जाए।

'मैं अब कोई छोटी हूं?—सोलह वर्ष की होने लगी हूं। अब मैं स्कूल की छोटी-सी बच्ची तो नहीं, कालेज में पढ़ती हूं—आधी रात को उठकर मां की चारपाई पर जाती अच्छी लगती हूं!' और दरवाज़े की ओर जा रही कम्मी अपनी चारपाई के पास वापस आ गई। ठंडे फर्श पर उसके नंगे पांव जमते जा रहे थे। उसने जल्दी से चारपाई पर बैठकर अपने पैर रज़ाई में ढक लिए।

कम्मी अभी रज़ाई में बैठी हुई थी। कमरे की बत्ती भी जल रही थी। नींद अथवा ऊंघने का अभी कोई चिह्न भी नहीं था—कम्मी कांप उठी। वही आवाज़—फिर वही आवाज़, कहीं कोई दीवार को कुरेद रहा था, कहीं कोई दरवाज़े को हिला रहा था।

कम्मी ने जल्दी से स्लीपर पहने। अपने कमरे में से निकली। बैठक में आई। बैठक की बत्ती जलाई और फिर उससे अगले कमरे में गई, जहां

उसका बाप और उसकी मां सोया करते थे।

"कौन, कम्मी?"

"हां, पिताजी!"

"क्या बात है?"

कम्मी के होंठों पर आया, 'मुझे डर लगता है!' परन्तु उसके होंठ बन्द हो गए। आवाज़ न निकली।

"जा, सो जा जाकर।"

कम्मी फिर भी वहीं की वहीं खड़ी रही। न जा सकी, न बोल सकी।

"एक बार कह जो दिया, जाकर सो जा।"

कम्मी अपने बाप की आवाज़ पर हैरान हो गई। 'यदि आधी रात को मुझे डर लगा है तो इसमें मेरा क्या दोष?—यह कौनसी बात है नाराज़ होनेवाली!' कम्मी ने अपने मन में सोचा और बड़ी हिम्मत से थोड़ी-सी आवाज़ मुंह से निकाली, "मुझे सिर में दर्द..."

कम्मी के मुंह की बात मुंह में थी, फिर आवाज़ आई, जैसे कोई दीवार को कुरेद रहा हो, जैसे कोई दरवाज़े को हिला रहा हो। इस बार आवाज़ आगे से बहुत निकट से थी; बहुत निकट थी। "यह आवाज़ कहां से आ रही है?" कम्मी ने घबराकर कहा।

"कहीं से नहीं आ रही, तुम अभी चली जाओ अपने कमरे में!" इस बार बाप की आवाज़ गुस्से से खिंची हुई थी।

कम्मी को अपने बाप का गुस्सा अपने मुंह पर चपत की तरह लगता हुआ महसूस हुआ और वह तिलमिला उठी। 'मार डालो, और मार डालो...' उसके मन ने जैसे एक ज़िद्दी बच्चे की तरह कहा और वह वहीं की वहीं खड़ी रही।

"तुम जाती हो कि नहीं?" उसके बाप की आवाज़ गुस्से से तनी हुई थी।

इस कमरे की बत्ती अभी तक बुझी हुई थी। "मां!" कम्मी के मुंह से निकला और उसने अनुमान से अपनी मां की चारपाई टटोली—चारपाई पर रज़ाई पड़ी हुई थी, तकिया पड़ा हुआ था—और चारपाई

खाली थी।

"मां!" कम्मी जैसे चीख पड़ी; इस चीख में पता नहीं किस तरह का साहस था, कम्मी के सारे शरीर में एक आग जलने लग पड़ी।—उसने भागकर कमरे की बत्ती जलाई। अपने बाप के चेहरे की ओर देखा, कम्मी की आंखें जल रही थीं। "मां कहां है?" कम्मी की आवाज़ खौल रही थी...

फिर एक आवाज़—वही आवाज़—जैसे कोई बाहर की दीवार को कुरेद रहा हो, जैसे कोई बाहर के दरवाज़े को हिला रहा हो।—कम्मी बाहर की ओर दौड़ी।

एक झपट में बाप ने कम्मी की बांह पकड़ ली, एक झटके से कम्मी ने बांह छुड़ा ली और बाहर के दरवाज़े की कुंडी खोल दी—दरवाज़े से बाहर उसकी मां एक गठरी की तरह पड़ी हुई थी...वह अंधेरा, जो कुछ देर पहले एक अदृश्य चोट की तरह मौन था, अब घाव की तरह बह रहा था।

इसी जन्म में जैसे बेटी मां बन गई हो और मां बेटी बन गई हो। सारी की सारी मां को कम्मी ने अपनी बांहों में ले लिया। कम्मी के सांस जल रहे थे। मां का शरीर बर्फ हो रहा था। कम्मी ने अपना सारा मुंह मां की गर्दन से, कानों से, गालों से लगाकर दबाया, सारा सेंक जैसे वह मां के रोम-रोम में डाल देना चाहती हो।

"चल अन्दर—पकड़ इधर से..." कम्मी का बाप नीचे झुका। और उसने एक हाथ से कम्मी की मां की टांगें पकड़ीं।

यह कम्मी के जीवन में पहला दिन था, जब उसने अपने बाप की बांह को परे धकेला। वह मर्द जिसने सारी आयु औरत को धक्के दिए थे, आज उसने चुप रहकर अपनी बेटी से धक्का खा लिया—और आगे बढ़कर फिर बांहें झुकाई।

एक रज़ाई—दो रज़ाइयां—गर्म पानी की बोतल—ब्रांडी के घूंट—अपने दिल का सेंक—कम्मी जो कुछ कर सकती थी, उसने किया।

मां का शरीर निरन्तर गर्म होता गया और गर्म ईंट की तरह दहकने लगा। सवेरे जब डाक्टर आया, मां को 106 डिग्री बुखार था। बर्फ की

पट्टियां, दवाइयां, टीके—पर बुखार एक सौ सात हो गया... साढ़े सात... पौने आठ। डाक्टर पास बैठा रहा, और मां की नब्ज़ डूबने लग पड़ी।

और बर्फ, और दवाई, और टीके—बुखार थोड़ा नीचे आया, परन्तु जो सर्दी और जो पीड़ा मां की हड्डियों में से गुज़रती हुई उसके फेफड़ों में जम गई थी, उसकी सूजन ने उसकी श्वास लेनेवाली नाड़ियों को कस दिया था। थर्मामीटर का पारा कभी ऊपर होता, कभी पीछे, परन्तु सांसों के पैर उखड़ते जा रहे थे।

कम्मी के बाप ने अब भी वही कमीज़ अपने गले में डाली हुई थी, जिस कमीज़ को इस्तरी करते हुए कम्मी की मां से उसका कालर जल गया था, जिसपर कम्मी के बाप का गुस्सा भड़क उठा था। ज़बान गर्म हो गई थी, हाथ लम्बे हो गए थे, इतने लम्बे कि रात को उसने कम्मी की मां को धक्के दे-देकर दरवाज़े से भी बाहर कर दिया था।

मां के शरीर ने अपना अपमान सहन कर लिया था। अपने हाथों से वह सारी रात दरवाज़ा खटखटाती रही थी—परन्तु उसकी आत्मा ने शायद यह अपमान सहन नहीं किया था। उसने पुनः इस दरवाज़े के भीतर आना नहीं चाहा। वह बाहर चलती गई—दूर, और दूर, और अब वह चलती-चलती दुनिया के दरवाज़े से भी बाहर जा रही थी। अब उसकी रूठी हुई आत्मा को कोई वापस नहीं ला सकता था।...

आत्मा से विहीन शरीर ने और दो दिन मिन्नत-समाजत करा ली, फिर वह भी आत्मा के रास्ते पर चल पड़ा।

तीन दिन पहले वही शरीर था, गर्म, धड़कता और 'न, न' करता, जिसे इस घर के दरवाज़े ने रात के अंधेरे में बाहर निकाल दिया था।

आज वह ही शरीर था, ठंडा, चुप, कुछ न बोल रहा, जिसको घर के दरवाज़े ने दिन के प्रकाश में बाहर भेज दिया।

रात के अंधेरे ने किसीके कानों में भनक नहीं डाली थी, परन्तु दिन के प्रकाश ने पास-पड़ोस, मित्र-सम्बन्धी सभीको बुला लिया।

उस रात को जिस शरीर पर धक्कों के चिह्न थे, आज दिन को उस शरीर पर ज़री की चादर थी।

उस रात जिस शरीर को पौष की सर्दी ठिठुरा रही थी, आज उसी शरीर को कई मन लकड़ी का सेंक भी महसूस नहीं हो रहा था।

उस रात का भेद और आज के दिन का भेद—कम्मी की आयु का सोलहवां वर्ष इस तरह कांपा ; कम्मी को महसूस हुया—यह कम्पन उसके भविष्य की हड्डियों में प्रवेश कर गया था।

2

कम्मी जिस समय घर से चली थी, कुछ बूंदा-बांदी हो रही थी। पर जिस समय वह प्रिंसिपल की कोठी के पास पहुंची, वर्षा बहुत तेज़ हो गई थी। फाटक खोलते, बगीचे की पगडंडी पार करते और सामने बरांडे तक पहुंचते उसके कपड़े निचोड़ने योग्य हो गए थे।

कम्मी ने अभी दरवाज़ा खटखटाया नहीं था। प्रिंसिपल अपनी खिड़की में खड़ी अपने बगीचे के फूलों को वर्षा में नहाते देख रही थी, उसका ध्यान कम्मी की ओर गया।

"अन्दर आ जाओ कमल!"

"मेरे कपड़े...सारा कमरा खराब हो जाएगा।"

"मेरे कमरे का कुछ नहीं बिगड़ता—सादा फर्श—फिर से साफ हो जाएगा। अन्दर आ जा।"

कम्मी ने चप्पलें बाहर उतार दी और भीतर आ गई।

"पता नहीं मुझे आना चाहिए था कि नहीं, मैंने एक एप्लीकेशन दी थी..."

"तुझे कपड़े और दूं बदलने के लिए? ये बहुत गीले हो गए हैं।"

"नहीं, बहुत धन्यवाद! ज़्यादा गीले नहीं हैं।" और कम्मी ने सिर की चुनरी देहली से बाहर निचोड़कर फिर से अपने सिर पर ले ली, "मैंने एक एप्लीकेशन..."

"हां, हां, एप्लीकेशन मुझे मिली है। परन्तु तू कपड़े बदल ले, सर्दी लग जाएगी।"

"यदि आप मुझे होस्टल में जगह दे दें—मैंने सुना है, एप्लीकेशन बहुत आई हैं—और होस्टल में जगह थोड़ी है—मुझे सर्दी नहीं लगेगी..." कम्मी की बात उखडी हुई थी।

प्रिंसिपल हंस पड़ी, "यदि होस्टल में सीट मिल जाएगी तो सर्दी नहीं लगेगी..."

"नहीं—मेरा यह मतलब नहीं था..." कम्मी को भी अपनी उखड़ी-उखड़ी बात पर हंसी आ गई।

"पर होस्टल में तो उन लड़कियों को रहने की मजबूरी होती है, जिनके मां-बाप उस शहर में न रहते हों।"

"मेरी मां..."

"मुझे मालूम है। पीछे तुमने छुट्टियां भी ली थीं...क्या तकलीफ हो गई थी मां को? बीमार थी बहुत देर से?"

"नहीं...सर्दी लग गई थी अचानक..." कम्मी ने सिर नीचा कर लिया।

"तेरे और बहिन-भाई?"

"मैं अकेली हूं।"

"तेरे पिताजी? वे तो यहीं काम करते हैं न?"

"हां, परन्तु आप मुझे होस्टल में सीट दे दीजिए।"

"और फिर तुझे सर्दी नहीं लगेगी...!" प्रिंसिपल ने फिर हंसकर मां की मौतवाली दुखद बात को सुखद दिशा की ओर मोड़ना चाहा और उठकर अलमारी में से कपड़े निकालने लगी।

"तू धोती पहन लेगी?"

"मुझे सचमुच सर्दी नहीं लग रही।"

"देख! तुझे अभी भी सर्दी से डर नहीं लगता? तू अभी कह रही थी कि तेरी मां को अचानक सर्दी लग गई थी। इधर आ... इनमें से कोई धोती..."

कम्मी इन्कार न कर सकी, और उसने अलमारी में से एक धोती निकाल ली।

कम्मी जब गुसलखाने में से कपड़े बदलकर बाहर आई, प्रिंसिपल ने दो प्याले चाय बना रखी थी। एक प्याला कम्मी को देते हुए कहने लगी :

"तुमने साइंस ले रखी है न?"

"जी।"

"आगे क्या करना चाहती है? डाक्टरी करोगी?"

"जी नहीं।"

"तो बाकी लड़कियों की तरह परीक्षा समाप्त होते ही विवाह कर लोगी?..."

"जी नहीं।"

इस बार उसके 'जी नहीं' कहने पर प्रिंसिपल ने कम्मी को गौर से देखा। कहने लगी, "प्रायः लड़कियां इसलिए पढ़ाई करती हैं कि उन्हें कोई अच्छा घर-वर मिल जाए।"

"परन्तु मैं इसलिए पढ़ाई नहीं कर रही।" कम्मी की कथनी में आम लड़कियों जैसी शर्मीली 'नहीं' नहीं थी। प्रिंसिपल का ध्यान आकृष्ट हो गया।

"फिर तुम किस ओर जाना चाहोगी?"

"आपवाली दिशा की ओर।"

"मेरीवाली दिशा की ओर?" प्रिंसिपल ने ध्यान से कम्मी की ओर देखा और फिर कहा, "मेरीवाली दिशा क्या है—एजुकेशन लाइन?"

"आप एक दिन कालेज में कह रही थीं कि आप कांगड़ा घाटी में एक स्कूल खोलना चाहती हैं। जो बाप सेना की नौकरी में होता है, उसके बच्चे टिककर एक स्थान पर पढ़ाई नहीं कर सकते, छोटी नौकरीवाले लोग अपने बच्चों को बहुत महंगे स्कूलों में अथवा होस्टलों में नहीं रख सकते, उनके लिए आप..."

"हां, यह सब कुछ कई बार मेरे मन में बड़ी तेज़ी के साथ आता है... पर यह पता नहीं कब..."

"मैं उस स्कूल में काम करूंगी।" कम्मी ने इस तरह निश्चयात्मक ढंग से कहा जैसे उस स्कूल की ज़मीन खरीद ली गई हो; उस स्कूल की इमारत बननी भी आरम्भ हो गई हो; प्रिंसिपल ने वहां काम करने के लिए अच्छी पढ़ी-लिखी लड़कियों को निमन्त्रण दिया हो और कम्मी ने वह निमन्त्रण स्वीकार कर लिया हो।

प्रिंसिपल हंस पड़ी। फिर कहने लगी, "और एक दिन अचानक तेरे पिता की तार आ जाएगी—फलां दिन तेरा विवाह पक्का हो गया है, तुम इस्तीफा देकर जल्दी वापस आ जाओ..."

"नहीं—मैंने कहा था न मैं आपकी दिशा की ओर जाऊंगी।"

"क्या मतलब?"

कम्मी ने सिर नीचा कर लिया।

"तू क्या कहना चाहती है कमल?"

"मैं...कुछ नहीं।"

"नहीं कमल, तू कुछ कहना चाहती है।"

कम्मी को कुछ संकोच हुआ, परन्तु फिर कहने लगी, "आपको कभी इस तरह की तार आई थी? ...यदि आई भी होगी तो आपने कभी इस्तीफा नहीं दिया।"

प्रिंसिपल का दिल उमड़ा कि वह कम्मी के साथ खूब बातें करे—इस तरह, जैसे एक बीत गई जवानी एक आनेवाली जवानी से बातें करती है—आग की बातें, पानी की बातें—दिल में जल रही आग की, आंखों में बस रहे पानी की...और प्रिंसिपल की कल्पना इस कालेज में, इससे पहले कालेज में और उससे पहले कालेज में व्यतीत किए तीस वर्षों को क्षण में ही उलट-पलट गई—स्कूल, कालेज—विद्या के कुएं—हर साल लड़कियां एक रीते बर्तन की तरह आतीं और पानी से भर वापस चली जातीं—और वह स्कूल की अध्यापिका, कालेज की प्रिंसिपल, कुएं की डोरी की तरह वहीं बंधी रही—और डोरी, जिसे खींच-खींचकर आयु की चकली ने अब टूटने योग्य कर दिया था—अथवा और दस वर्षों में कर देगी...इस डोरी ने कुएं से बाहर निकल कर कभी न देखा कि बाहर नदियां और बड़े-बड़े दरिया भी बह रहे हैं, जिनको तैर-तैरकर कई सोहनियां[1] अपने प्यारों को मिलने जाती हैं।...बाहर मीलों में बह रहे समुद्र भी होते हैं जिनके किनारे बैठकर बच्चे

---

1. पंजाब की प्रसिद्ध प्रेमकथा 'सोहनी-महीवाल' की नायिका, जो चनाब नदी को तैरकर अपने प्रेमी से मिलने जाती थी।

सीपियां चुनते हैं...और प्रिंसिपल के दिल में आया कि वह कम्मी को गले लगाकर कहे, 'तू कुछ भी बन जाना रानी! परन्तु कुएं की डोरी मत बनना!'

व्यतीत हुई जवानी ने आ रही जवानी को देखा और फिर प्रिंसिपल को...ये सारे विचार इस तरह लगे जैसे वे बहुत बड़े ज्वारभाटे की तरह आए थे और केवल झाग की तरह वापस चले गए। किनारे के रेत पर पानी नहीं ठहरा था। उसने कम्मी को केवल इतना ही कहा, "होस्टल में सीट मिल जाएगी—यदि तेरा कभी मन करे, तू छुट्टी के दिन यहां आ जाया करना।"

3

प्रिंसिपल मिस मदान के मन में कांगड़ा घाटी में स्कूल खोलने का एक स्वप्न काफी वर्षों से एक बीज की तरह पड़ा हुआ था। कांगड़ा घाटी के गांव-गांव को देखते मिस मदान को पंजरुखी स्टेशन पर से लगभग तीन मील दूर एक गांव में ज़मीन पसन्द आई। मिस मदान के स्वप्न का बीज उग आया।

धौलाधार के ऊंचे पहाड़ों की कमर में यह साफ-सपाट ज़मीन थी। एक ओर अच्छा पहाड़ी नाला बहता था, जिसकी कोख में तीन पनचक्कियां चलती थीं। दूर जहां तक दृष्टि जाती थी, ऊंची-नीची सीढ़ियों की तरह बिछे हुए खेत थे। लकड़ी की छजलियों और स्लेटों की छतोंवाले पहाड़ी घर इस जमीन के थोड़े-से अन्तर पर थे। एक बगीचा भी इस ज़मीन में आता था, जहां अमरूदों और अनारों के वृक्ष फल दे रहे थे।

किसी किसान ने अपने पके हुए खेत की भी इतनी राखी नहीं रखी होगी—मिट्टी में कुदालें पड़तीं, नींवें भरतीं, ईंटों की चिनाई होती—और मिस मदान सामने एक वृक्ष के नीचे बैठकर अपने स्वप्नों को उगते हुए देखती रहती।

ये गर्मियों के वे दिन थे, जिन दिनों पंजाब के कालेजों में छट्टियां होती हैं। कम्मी अपने कालेज का अन्तिम वर्ष समाप्त कर चुकी थी, इसलिए मिस मदान को अकेले नहीं आना पड़ा। कम्मी उसके बन रहे स्कूल की

पहली अध्यापिका थी।

मिस मदान और कम्मी आजकल एक पहाड़ी घर में रह रही थीं। स्कूल की और स्टाफ-घरों की दीवारें दिन-प्रतिदिन ऊंची होती जा रही थीं, परन्तु अभी छतें पड़नी थीं, दरवाज़े और खिड़कियां लगनी थीं, पानी आना था। सरकार ने बिजली देने का इकरार कर लिया था।

मिस मदान सुबह की चाय बनाती और फिर बाहर किसी अमरूद के वृक्ष के नीचे बैठकर सामने बन रही दीवारों को जैसे आंखों से मापती रहती थी।

कम्मी रोटी पकाती। दो डिब्बों में दाल-सब्जी और एक डिब्बे में चावल अथवा रोटी डालकर अमरूद के वृक्ष के नीचे ले आती।

दीवारें दिन-प्रतिदिन ऊंची होती जा रही थीं और कम्मी का मिस मदान से सम्बन्ध दिन-प्रतिदिन गहरा होता जा रहा था।

सैनिक पिता अपने बच्चों को उस स्कूल में दाखिल कराने के लिए जैसे मिस मदान से भी अधिक जल्दी में थे। हर रोज़ चिट्ठियों, का ढेर लग जाता और मिस मदान की आंखों में अपने स्कूल का सपना स्कूल की दीवारों से भी ऊंचा हो जाता।

कम्मी का पिता, कम्मी को, अपनी जवान सुन्दर बेटी को, इस तरह एक दूसरे गांव में भेजकर प्रसन्न नहीं था। इसलिए एक बार स्वयं आकर यहां का सब कुछ अपनी आंखों से देख गया था।

"तू इन छुट्टियों में कुछ दिन अपने पिता के पास क्यों नहीं रह आती कम्मी?"

"मैं यहां बड़ी खुश हूं।"

"मुझे पता है, तुम यह सब कुछ इसलिए कर रही हो कि मुझे यहां अकेले न रहना पड़े।"

"मैं इतनी परोपकारी नहीं हूं, जितना कि आपने सोचा है।"

"फिर तुम क्यों नहीं कुछ दिन अपने घर रह आतीं?"

"मेरा घर?...मेरा घर कोई नहीं।"

"तू इस तरह क्यों कहती है कम्मी?—तेरे बाप का घर तेरा घर नहीं?"

कम्मी कोई उत्तर न दे सकी। फिर ठहरकर कहने लगी, "मैं छुट्टियां

होने से पहले सोच रही थी—छुट्टी हो जाएंगी, होस्टल में मैं न रह सकूँगी—कहां जाऊंगी?...यह तो अच्छा हुआ आप मुझे अपने साथ यहां ले आई।"

.......यह प्रथम दिन था जब मिस मदान ने कम्मी का सिर अपनी गोद में लिया। पिछले कई दिनों से दोनों का रिश्ता गहरी छाया जैसा होता जा रहा था। परन्तु आज जैसे इस रिश्ते को फूल लग गए।

"कम्मी, तेरे छोटे-से मन में कौन-सी उदासियां भरी हुई हैं?"।

"पता नहीं—मुझे लगता है कि मैं अपने जन्म से ही उदास हूँ, शायद उससे भी पहले जन्म से, अपनी मां के जन्म से..."

"तेरी मां का जीवन सुखी नहीं था?"

"नहीं।...उसका घर भी कोई नहीं था।"

"परन्तु तेरे पिता का घर...?"

"वह पिता का घर है—मां का घर नहीं था। शायद किसी भी औरत का घर नहीं होता।"

"कम्मी!"

"इसलिए तो मैं कह रही हूं, मेरा घर कोई नहीं। जो दरवाज़ा मेरी मां के लिए बन्द हो गया, मैं उसे कभी भी खटखटाना नहीं चाहती—मेरी......" और कम्मी को रुलाई आ गई।

मिस मदान के भीतर की नारी, जो कभी मां नहीं बन सकी थी, आज अचानक मां बन गई। खारे आंसुओं ने इस रिश्ते को पता नहीं कितना मीठा कर दिया!

"मेरी मां सारी रात उसका दरवाज़ा खटखटाती रही—शीतकाल की रात—बाहर ठंडा फर्श—और उसके गले में केवल एक कमीज़..."

कम्मी का दिल उसके होंठों पर आ गया।

"यहीं से सर्दी लग गई थी उसे? जब अचानक..." मिस मदान ने जैसे कांपकर पूछा।

"हां—अचानक सर्दी लग गई थी—निमोनिया हो गया था—बहुत डाक्टर बुलाए—कौन-सी बात थी, जो दूसरे दिन मेरे बाप ने लोगों को नहीं कही थी...हमेशा आदमी औरत को घर से निकालता है, कभी किसी औरत

ने भी आदमी को घर से निकाला है? इसलिए न कि घर हमेशा आदमी का होता है...औरत का कोई घर नहीं होता—" कम्मी की आंखों में इतने आंसू थे, जाने वे सब एक जन्म के न हों।

"एक दिन—जब मैं होस्टल की सीट के लिए आपसे कहने आपकी कोठी पर आई थी..."

"हां।"

"आपने कहा था, लड़कियां प्रायः इसलिए पढ़ाई करती हैं कि उनको अच्छा घर-वर मिल जाए।"

"हां।"

"और मैंने कहा था, मैं इसलिए पढ़ाई नहीं कर रही।"

"हां, कम्मी।"

"मैं केवल इसलिए पढ़ाई कर रही हूं कि मुझे कभी किसीके उस दरवाज़े पर न जाना पड़े जोकि बाद में मेरे लिए बन्द हो जाए..."

"पर कम्मी..."

"क्या कहने लगी थीं आप..."

"कोई समुद्र में इसलिए नाव न डाले कि डूब जाएगी—और सारी आयु किनारे पर खड़ा रहे—मैं इस तरह खड़ी होकर देख चुकी हूं—समय शनैः-शनैः इस किनारे को भी तोड़ देता है, और पीछे पश्चात्ताप की कंकरों के अतिरिक्त और कुछ नहीं रह जाता—नौकाएं भी शनैः-शनैः समुद्र के तूफानों के साथ टकराकर थक जाती हैं—चप्पू टूट जाते हैं—बादबान फट जाते हैं, परन्तु उनकी गली हुई लकड़ी में, और फटे हुए कपड़े में एक अभिमान होता है—कितनी लहरें उन्होंने अपने शरीर पर सहन की—कितनी हवाओं का रुख उन्होंने अपने हाथों से बदल दिया!"

"मैं ज़िन्दगी की सभी बाढ़ों को सह जाऊंगी, सभी हवाओं को...पर इस अपने स्कूल को आप मेरी नाव बने रहने देना..."

कम्मी जैसे रोती-रोती हंस दी।

"स्कूल नाव नहीं कम्मी, यह किनारा है—जब भी कभी ज़िन्दगी की लहरों से थक जाओ, इसे किनारा बना लेना, पर..."

"इसका दरवाज़ा मेरे लिए हमेशा खुला रहेगा?"

"हां, कम्मी!—यह दरवाज़ा तेरे मन का दरवाज़ा है, तेरे विश्वास का दरवाजा...अपने-आपमें भरोसा, इंसान में भरोसा..."

"इतना सब कुछ मैं नहीं जानती—मैं केवल इतना चाहती हूं कि यह दरवाज़ा मेरा हो जाए—मैं दुनिया में और किसीके दरवाज़े पर नहीं जा सकंगी।"

"यह तेरा है, हमेशा तेरा है, पर अगली बात नहीं कहती..."

अगली बात जाने कितनी लम्बी हो जाती, मिस्त्री ने आकर मिस मदान से कहा, "छतें डालने लगे हैं..."

अगले मास छतें खुल गईं। दरवाज़े लग गए। और उस स्कूल को आरम्भ करनेवाले दिन जब सबसे बड़े दरवाज़े पर लिखे हुए स्कूल के नाम पर से कपड़ा हटाया गया—सफेद दीवार पर गहरे अक्षरों में लिखा हुआ था—'कमल हाई स्कूल'।

सैकड़ों चेहरों की भीड़ में कम्मी मिस मदान की बायीं ओर खड़ी हुई थी। एक बेल जैसे एक वृक्ष के गले लगी हुई हो—इस तरह कम्मी का सिर मिस मदान के कन्धे के साथ लग गया और कम्मी के मुंह से केवल इतना निकला—"मां!"

4

कम्मी रहती चाहे स्कूल के स्टाफ-क्वार्टर में थी, पर उसका सायंकाल का समय प्रायः प्रिंसिपल की एकान्त काटेज में व्यतीत होता था। दोनों में ममत्व का नाता हो गया था।

एक दिन सायंकाल दोनों खिड़की में बैठी हुई थीं। थोड़ी बूंदाबांदी हो रही थी, दोनों इस प्रतीक्षा में थीं कि यह छोटा अकेला बादल अभी आगे निकल जाएगा और वे रोज़ की तरह आज भी उस पार खेतों में घूमने जा सकेंगी। पर यह छोटा अकेला बादल जैसे अड़कर खड़ा हो गया था और बूंदा-बांदी मोटी-मोटी वर्षा बन गई थी। बाहर की कच्ची पगडंडी पर अब भी आवागमन रुका नहीं था। कभी कोई पहाड़ी औरत

पानी का मटका उठाए गुज़रती दिखाई दे जाती, कभी-कभी कोई बाला हाथ में एक पतली-सी लकड़ी पकड़े दो-चार बकरियों को अपने आगे लगाए वहां से गुज़र जाती और फिर पांच-छः पहाड़ी स्त्रियां सामने की बावली पर एकसाथ उतर आईं। पैर नंगे—कमर के लहंगे और गलों की कुरतियां भीग-भीगकर शरीरों के साथ चिपटी हुई थीं—सिरों पर पानी के मटके—बांहों में कांच और चांदी के गजरों का भार—जाने सबने अपनी-अपनी कल्पना के धागों को जोड़कर एक सम्मिलित गीत बुन लिया हो; सभी सिर से पैरों तक वर्षा से और गीत से भीगती-निचुड़ती जा रही थीं :

"अलगोजू बजदा ढाणिये की
मेरा मन नहीं लगदा पाणिये की
मियां अलगोजुआ, मियां अलगोजुआ!
अलगोजू बजदा पतणे की
मेरा मन नहीं लगदा कतणे की
मियां अलगोजुआ, मियां अलगोजुआ!
अलगोजू बजदा दोही दोही के
मेरा मन नहीं ओ लगदा रोई-रोई के
मियां अलगोजुआ, मियां अलगोजुआ!"

"यह कातना, तुम्बना—चूल्हा-चौका...आग की व्यवस्था...पानी की व्यवस्था...एक औरत अपने शरीर पर ये सब कष्ट क्यों उठा लेती है? भार चाहे कांच का हो, चांदी का हो और चाहे मिट्टी के मटके का—भार भार ही होता है...किसी मिये अलगोजुए की मोहताजी...शरीर से भी अधिक... मन से उसकी गुलामी..." और कम्मी के मन में एक सीलन-सी बढ़ने लगी। खिड़की से बाहर वर्षा हो रही थी, गीत बरस रहा था।

5

"कम्मी! तेरी सगाई हो चुकी है?" एक दिन अचानक मां ने पूछा।

"सगाई?—मैं छोटी-सी थी, शायद पांचवीं में पढ़ती थी, जब एक बार मेरी मां ने अपनी एक सहेली से बातचीत करते हुए, बातों-बातों में मेरी सगाई उसके लड़के से की थी। यदि उस बात को सगाई कह दिया जाए तो..."

"मुझे तुम्हारे पिताजी की चिट्ठी आई है।"

"मुझे भी आई है।"

"वे उस बात को सगाई ही कहते हैं और अब..."

"हां, वे मेरा विवाह करना चाहते हैं।"

"तूने क्या उत्तर दिया है?"

"अभी तो कुछ नहीं दिया। मेरे पास कोई उत्तर है ही क्या देने को!"

"तूने उस लड़के को अच्छी तरह देखा हुआ है?"

"हां, देखा हुआ है। परन्तु देखने और जानने में बड़ा अन्तर होता है, मां।"

"जाना तो शायद किसीको भी नहीं जा सकता! दूसरे को क्या अपने-आप को भी नहीं जाना जा सकता।"

"यह ठीक होगा मां। परन्तु अपनी एक बात मुझे बड़ी जानी हुई लगती है।"

"मुझे पता है वह बात। परन्तु कम्मी..."

"हां, मां!"

"यदि तेरे घर एक टेलीफोन हो, और उसका नम्बर...कुछ भी समझ लो...चलो समझ लो 27749 है..."

"फिर?"

"तुम अपने घर बैठकर वही नम्बर मिलाए जाओ तो टेलीफोन में से कोई आवाज़ आएगी?"

"वही नम्बर?—नहीं, कोई आवाज़ नहीं आएगी। आवाज़ तो तभी आएगी जब मैं कोई और नम्बर मिलाऊंगी।"

"किसी पराये घर का नम्बर!"

"हां!"

"यह ज़िन्दगी भी इसी तरह है कम्मी! ...अपने कमरे में बैठ कर

अपने साथ बातें करते रहना, कोई हल नहीं। ज़िन्दगी के इस यन्त्र में से यदि कोई आवाज़ सुननी हो तो अपना नम्बर नहीं, किसी और का नम्बर मिलाना पड़ता है।"

"मां!"

"नहीं तो ज़िन्दगी का यह यन्त्र जैसा हुआ, वैसा न हुआ—यह बना ही इसलिए है, आपकी आवाज़ किसी तक जा सके, किसीकी आवाज़ आप तक आ सके।"

कम्मी ने सिर नीचा कर लिया, जैसे वह सभी दलीलों को उंडेल देना चाहती हो। फिर उसने एक बार सिर उठाया—मां के मुंह की ओर देखा। एक दलील स्वाभाविक ही उसकी ज़बान पर आ गई—"मां! आपने सारी आयु इस यन्त्र को अपनी मेज़ पर अडिग रखे रखा...कभी..."

"हां, कभी कोई नम्बर नहीं मिलाया। तभी तो आज कहती हूं कि यह सब कुछ गलत है, यह मानव-कला का निरादर है। मैंने भी नम्बर मिलाया था कभी, कम्मी!—परन्तु वह गलत नम्बर निकल आया। और मैंने आवेश में आकर—उदासी में आकर इस यन्त्र की जाने तारें ही उतार फेंकी। परन्तु यह सब कुछ गलत है, कम्मी! यह मानव का निरादर है..."

"और यदि मुझसे भी इस मानव-कला का आदर न हो सका, फिर मां?"

"इस 'यदि' के चौराहे पर बहुत सड़कें मिलती हैं कम्मी! कोई सड़क खड्डों में चली जाती है, कोई पर्वतों के शिखरों को स्पर्श कर लेती है।"

"और कोई रेगिस्तान में ले जाती है—जहां न एक पौधे की छाया, और न घूंट पानी..." कम्मी हंस पड़ी।

"परन्तु जो लोग हरी वादियों में गए हैं, वे भी इस 'यदि' के चौराहे पर से गुज़रकर गए हैं कम्मी! रेगिस्तान भी पैरों से इतना अन्याय नहीं करता, जितना..."

"मुझे पता है आप क्या कहना चाहती हैं—आप कहना चाहती हैं—मानवीय पैरों को इस 'यदि' के चौराहे पर खड़ा कर छोड़ना उससे बहुत अन्याय है।"

"हां, यही बात, जो तूने आप कह ली है। मैं तुझे यह नहीं कहती कि तू ज़रूर उसी लड़के.. क्या नाम है उसको, पाली?"

"हां "

"कि तू ज़रूर पाली के साथ विवाह कर। वह हो—कोई और हो... जहां तेरा मन..."

"मेरे मन ने...मेरे मन ने स्वप्नों के अतिरिक्त कभी किसीको इस नज़र के साथ देखा ही नहीं। मेरे लिए जैसा पाली, वैसा ही कोई और..."

"यह देखा न मन को!—दुनिया को आंखें खोलकर देखना चाहे छोड़ दे, परन्तु आंखें बन्द कर स्वप्नों को देखना नहीं छोड़ता...स्वप्न तो कागज़ के नक्शे की तरह होते हैं कम्मी! —परन्तु उनके निर्माण के लिए मिट्टी में ही हाथ डालने पड़ते हैं..."

कम्मी ने मां की बात सुनी और फिर हंसकर अपनी सफेद कोमल हथेलियों की ओर देखा। मां ने कम्मी की दोनों हथेलियां अपने हाथों में पकड़ लीं, "इनपर मेहंदी लगेगी, इनपर..."

"मेहंदी का रंग कितने दिन रहेगा मां?"

"कम्मी!"

"मैं क्या करूं मां!—मुझे अपनी मां के हाथ नहीं भूलते—सारा-सारा दिन वह झाड़ू देती, बर्तन साफ करती, कपड़े धोती—और फिर जब मेरा बाप उसे मारता, उन्हीं हाथों से वह अपने शरीर पर सेंक करती, उन्हीं हाथों से वह अपने आंसू पोंछती और अन्त में...अन्त में उन्हीं हाथों से वह उसका दरवाज़ा खटखटाती मर गई..."

"कम्मी!—इस एक स्थान पर मत खड़ी हो जा। यह 'यदि' का चौराहा है..."

"हां, मां!—मुझे आज का सारा सबक याद है, यह 'यदि' का चौराहा, यह टेलीफोन का नम्बर—अच्छा! मैं और सब कुछ भूल जाऊंगी, यह सबक याद रखूगी..."

"मैं तुम्हारे पिताजी को क्या लिखू?"

"जो आपके दिल में आए, लिख दीजिए।"

"परन्तु मैं यह नहीं कहती कम्मी कि तुम ज़रूर उसी लड़के के साथ..."

"यदि आपने एक सन्तरी की तरह मुझे इस चौराहे से उठाने के लिए डंडा पकड़ ही लिया है तो फिर चाहे कोई सड़क हो, जो भी पहले सामने आ जाए..." कम्मी हंस पड़ी। मां को महसूस हुआ, कम्मी की हंसी एक बादल की तरह थी, और आज वह बादल तकदीर के ऊंचे पहाड़ों के साथ टकराने के लिए तैयार हो गया था। मां ने सहमकर कम्मी की ओर देखा, जैसे वह कह रही हो, 'हाय राम! कहीं यह हंसी पानी-पानी न हो जाए!'

6

खाने का समय व्यतीत हो गया था। शाम की चाय की व्यवस्था में अभी कुछ देर थी। चूल्हे में हलकी-हलकी आंच थी। कम्मी और दूसरी अध्यापिकाएं उस हलकी आंच पर मक्की के भुट्टे भुनने लग गईं।

"बीबी, बाहर कोई आपका मेहमान आया है।" स्कूल की माई ने आकर कहा।

चारों अध्यापिकाओं ने उसकी ओर देखा। परन्तु वह केवल कम्मी की ओर देख रही थी।

"कमल बीबी को पूछता है।" माई ने थोड़ा विस्तार से कहा।

"मेरा मेहमान? मेरा कौन-सा मेहमान आया है?"

"तेरे पिताजी होंगे कम्मी?" पास से एक अध्यापिका ने कहा।

"नहीं बीबी, वह तो कोई जवान लड़का है।" माई ने कहा।

"गांव का कोई व्यक्ति है?" कम्मी ने पूछा।

"न, बीबी। शहर का है। हाथ में एक सूटकेस भी है।" माई ने फिर कहा।

"यह ले पकड़, एक भट्टा ले जा, उसे कह बाहर बैठकर भट्टा खाए! अभी आती है कमल बीबी!" एक ने कोयलों से भुट्टा उठाकर हाथ से उसपर से राख उतारी, और सभी बैठी अध्यापिकाओं की हंसी निकल गई।

"जो भी है, उसे मेहमान-घर ले जा, मैं अभी आती हूं।" कम्मी ने कहा।

स्कूल तथा होस्टल के साथ लगता एक मेहमान-घर भी था। जो मां-बाप अपने बच्चों को छोड़ने अथवा लेने आते थे, उनको एक रात तो इस गांव में ही रहना पड़ता था, क्योंकि शाम को वापसी के लिए यहां से गाड़ी नहीं मिलती थी। स्टाफ की लड़कियों का भी जब कोई रिश्तेदार आ जाता तो भी इसी मेहमान-घर में ठहरता था।

"मुझे भला कौन मिलने आ गया?" कम्मी ने अपने भुट्टे से कुछ दाने उतार बाकी का भुट्टा अपनी एक साथिन को पकड़ा दिया।

"चलो, देख लेना जाकर, भुट्टा तो मज़े से खा ले। नमक लगा दूं थोड़ा-सा?" और उसने कम्मी को भुट्टा फिर से पकड़ा दिया।

कुछ देर बाद कम्मी जब मेहमान-घर में आई, सामने सत्यपाल बैठा हुआ था।

"आप?" बहुत वर्षों के पश्चात् कम्मी ने सत्यपाल को देखा था परन्तु उसे पहचानने में कोई कठिनाई नहीं हुई।

सत्यपाल ने कोई जवाब नहीं दिया, केवल कम्मी की ओर देखा। उसकी नज़र जैसे कम्मी का नाम लेकर कम्मी को बुला रही थी।

इस मौन में जाने एक रिश्ते का दावा था, एक मर्दाना हक था। कम्मी को महसूस हुआ, अभी उसके अंदर कुछ विद्रोह होनेवाला है। वह सत्यपाल नाम के इस व्यक्ति से कठोर हो जाएगी। वह पता नहीं—पता नहीं क्या-क्या कह बैठेगी!

और कम्मी ने सत्यपाल के चेहरे की ओर देखा, उसके मुंह से कोई कठोर वचन न निकला। उसके अन्दर कुछ भी विद्रोह न हुआ।

हैरान-सी होकर कम्मी ने सिर नीचा कर दिया। 'यदि बेगानापन नहीं तो अपनत्व ही सही।' कम्मी ने अपने-आपको कहा और फिर एक बार आंखें उठाकर सत्यपाल के मुंह की ओर देखा।

कम्मी के भीतर कुछ न हुआ। कोई शब्द उसके होंठों में से न निकला। कम्मी ने फिर हैरान होकर सिर नीचा कर लिया। 'न बेगानापन और न

अपनत्व, यह मेरा मन किस तरह का है!' कम्मी ने अपने-आपको कहा।

"आने से पहले मुझे खत लिखना चाहिए था, पर..." सत्यपाल ने कहा।

"कोई बात नहीं।" कम्मी ने सत्यपाल को बहुत अधिक झिझक से बचा लिया और फिर कहा, "चाय भिजवा दूं, सफर की थकावट होगी?"

कम्मी ने चाय भिजवाई। सत्यपाल ने चाय पी, लगभग दो घंटे आराम किया। शाम को छः बजे पुनः कम्मी सत्यपाल के पास पाई।

"यह आपका स्कूल बहुत ही सुन्दर है।" सत्यपाल ने कहा।

"आपने अन्दर के कमरे देखे हैं?"

"नहीं, मैं अन्दर तो नहीं गया, पर बाहर से ही दिखाई दे रहा है। यह सारा वातावरण! सफर अवश्य लम्बा है। स्टेशन से उतरकर यहां पहुंचना भी तनिक कठिन है, परन्तु यहां आकर..."

"पढ़ाई और होस्टल का प्रबन्ध भी बहुत अच्छा है। आप मां—मेरा मतलब प्रिंसिपल से मिले हैं?"

"प्रिंसिपल को तब मिलूंगा, जब यहां किसीको दाखिल करवाने आऊंगा।" सत्यपाल हंस पड़ा।

"नहीं, मेरा मतलब था हमारी प्रिंसिपल...वे बहुत अच्छी हैं।" कम्मी को भी हंसी आ गई।

"उनका स्टाफ अच्छा है, वे भी अवश्य अच्छी होंगी।" सत्यपाल ने उसी हंसी के अन्दाज़ में कहा।

"स्टाफ का पता इतनी जल्दी लग गया?"

"सारे स्टाफ का तो नहीं, पर एक व्यक्ति का..." सत्यपाल ने आगे से बहुत ही अपनत्व के साथ कहा।

कम्मी कुछ देर चुप रही। फिर कहने लगी, "चलिए, आपको प्रिंसिपल से मिलाऊं।"

"चलो।"

प्रिंसिपल की काटेज बड़े एकांत स्थान में थी। मेहमान-घर से निकलकर सारी स्कूल-इमारत और स्टाफ-क्वार्टरों को पार करते हुए लगभग एक खेत का फासला और पार करना पड़ता था।

धीरे-धीरे चलते, स्कूल की, गांव की, मौसम की छोटी-छोटी बातें करते सत्यपाल ने अचानक पूछाः

"प्रिंसिपल से मुझे...क्या कहकर मुलाकात कराओगी?"

"क्या मतलब?" कम्मी कुछ चौंक पड़ी।

"मेरा मतलब यह है, क्या कहोगी, यह कौन है?" सत्यपाल के सवाल में शोखी थी।

"...आपका नाम मुझे आता है।" कम्मी ने उस शोख-से सवाल का बड़ा सादा-सा उत्तर दिया।

"और बस नाम से ही चल जाएगा?" सत्यपाल ने सवाल को समाप्त न होने दिया।

"हां!" कम्मी ने केवल इतना ही कहा।

"वे मेरा नाम आगे ही जानती हैं?" सत्यपाल ने तनिक ठहरकर सवाल का एक किनारा पुनः पकड़ लिया।

"शायद।"

"किस तरह?"

यहां पर कम्मी चुप हो गई।

"पिताजी ने शायद उन्हें कोई खत लिखा था।" सत्यपाल ने आप ही कहा। कम्मी ने फिर भी कुछ न कहा।

"उन्होंने पिताजी को जवाब भी दिया था।" सत्यपाल ने ही फिर कहा।

कम्मी ने अब भी कुछ न कहा, परन्तु एक बार सत्यपाल के चेहरे की ओर देखा।

"आपने पिताजी को खत का उत्तर नहीं दिया?"

अब कम्मी को बात करनी पड़ी। कहने लगी, "मैं? मुझे उत्तर देना तो था, पर यूं ही देर हो गई।"

"वे यहां आनेवाले थे।"

"वे? क्यों?"

"अपने खत का उत्तर लेने के लिए—मैंने उनको कहा, आप मत जाइए, मैं जाकर खत का जवाब ले आता हूं..." और फिर सत्यपाल चलता-

चलता खड़ा हो गया।

कम्मी को भी खड़ा होना पड़ा। वह मुस्कराई, "तो आप चिट्ठीरसां का काम करेंगे!"

"हां।" पहले सत्यपाल ने इतना ही कहा, फिर आगे कह दिया, "वह चिट्ठी भी तो चिट्ठीरसां ही ले जाता है, जिसमें उसकी अपनी किस्मत लिखी हुई होती है।"

कम्मी ने सिर नीचा कर लिया। "आओ चलें।" कम्मी ने आहिस्ता से कहा।

"नहीं," और सत्यपाल ने हलके से कम्मी का हाथ पकड़ लिया, "पहले उस खत का जवाब सुन लूं।"

कम्मी ने हाथ नहीं छुड़ाया, परन्तु कहा, "चिट्ठीरसां किसीका खत राह में ही पढ़ लेते हैं?"

"हां, जिन खतों में उनकी किस्मत लिखी होती है।" कम्मी का हाथ अभी भी सत्यपाल के हाथ में था।

जो हैरानी कम्मी को दोपहर के समय हुई थी वही हैरानी उसको अब सायंकाल को भी हुई। उसने सत्यपाल के चेहरे की ओर देखा तो न उसके अन्दर कोई बेगानगी आई, न कोई अपनत्व। और उसने मुंह नीचा करके एक मामूली-सा उच्छ्वास लिया था।

"कमल, तुम खुश नहीं?" सत्यपाल ने इस पतले-पतले अंधकार में कम्मी का उच्छ्वास देख लिया था।

कम्मी को अपनी उदासी उस शब्द की तरह लगी, जिसके माने उसे न आते थे, इसलिए वह लज्जित-सी होती, मुस्करा दी :

"नहीं, मैं उदास तो नहीं।"

"मुझे पता है, अभी मेरी नौकरी बहुत अच्छी नहीं..."

"यह बात नहीं..." कम्मी ने जल्दी से कहा, "लेकिन यह स्थान मुझे बहुत अच्छा लगता है..." और कम्मी ने खेतों के उस पार ऊंचे पहाड़ों की ओर देखा। फिर मन की सारी उदासी को एक मुस्कराहट के कटोरे में डालकर घूंट-घूंट पीने लग गई।

7

आखिर पहाड़ी गीतों की रुन-झुन में कम्मी और पाल का विवाह हो गया।

पहले यह बात न कम्मी के पिता को मंज़ूर थी और न पाल के पिता को। पाल का पिता अपने गांव से अच्छी बारात लाना चाहता था, और इतनी बड़ी बारात का इतनी दूर, वह भी इतने छोटे गांव में, स्वागत आसान काम नहीं था। और कम्मी के पिता की आपत्ति थी कि लोग क्या कहेंगे, अपना शहर छोड़कर, अच्छा-भला अपना घर छोड़कर, चोरी-छिपे किसी गांव में जाकर विवाह कर दिया, पता नहीं क्या बात थी!

पर कम्मी के मन में एक टीस पैदा होती थी, 'मेरे बाप का जो घर मेरी मां का आश्रय न बन सका, उस घर में मेरा विवाह होगा? मेरी मां बिन आई मौत मर गई, आई मौत तो हर कोई मरता है। जिस घर से मेरी मां की अर्थी निकली, क्या उस घर से मेरी डोली निकलेगी?' जिस दिन कम्मी की मां मरी थी, कम्मी को उस घर की एक-एक ईंट अपने शरीर में चुभने लग गई थी। मुश्किल से अभी मां का तेरहवां हुआ था, जब वह घर छोड़कर होस्टल में रहने लग गई थी। कम्मी के मन की पीड़ा उसकी प्रिंसिपल मां के बिना और कोई नहीं जानता था। इसलिए उसीने कम्मी के इस दुःख को आश्रय दिया। पाल को पास बैठाकर बड़े प्यार से कहा :

"कम्मी मेरे पेट से पैदा नहीं हुई, परन्तु कम्मी मेरी आत्मा की बेटी है। यह मेरा घर—उसीका घर है। मेरा दिल करता है, कम्मी की डोली मेरे घर से जाए। आप लोगों को कुछ कष्ट तो होगा, परन्तु यदि आप इस रीति को आसान कर दें ..."

पाल ने अपने पिता को भी और कम्मी के पिता को भी मनाने की बात मान ली।

बहुत दिनों का अन्तर न पड़ा। कम्मी ने पठानकोट जाकर अपनी ज़रूरत की चीज़ें खरीद लीं। पाल ने पिता को मना लिया कि बारात के व्यक्ति केवल सात ही होंगे। और जो दिन मुकर्रर हुआ, कम्मी का पिता

उससे कुछ दिन पूर्व वहां आ गया।

और पहाड़ी गीतों की ताज़ी रुन-झुन में कम्मी और पाल का विवाह हो गया।

छोटी-छोटी रीतियां और छोटे-छोटे रिवाज—कुछ कम्मी के पिता ने सुझाए, कुछ पाल के पिता ने, और उनमें कुछ उस गांव की पड़ोसिन पहाड़ी महिलाओं ने भी अपनी रस्में मिला दीं। कम्मी सब कुछ देखती रही, इस तरह, जैसे पुतलियों का तमाशा देख रही हो।

विदा होते समय जिस तरह कम्मी अपनी प्रिंसिपल मां से गले मिली, उससे यह तमाशा, तमाशा न रहा। गले से हटते कम्मी को महसूस हुआ—'यह बिछोड़ा—अब इस तमाशे की कीमत देनी पड़ेगी।'

गाड़ी का सिगनल कम्मी का रास्ता बदल रहा था। कम्मी ने एक बार फिर मां के कंधे पर सिर रखा। कम्मी ने और उसकी मां ने अपनी आंखों में इस तरह की प्यास भर के एक-दूसरे की ओर देखा जैसे एक-दूसरे में दोनों की पूर्ति होती हो।—मां शायद सोच रही थी कि आज उसका कुछ हिस्सा कम्मी के रूप में ज़िंदगी की नई अनुभूति के लिए दूर जा रहा था।—और कम्मी शायद यह सोच रही थी कि आज उसका कुछ हिस्सा मां के रूप में दुनिया के प्याले से मुंह मोड़कर यहां पहाड़ की कोख में ही रह गया था। दोनों की आंखों में एक प्यास थी, दोनों की आंखों में एक तृप्ति थी।

प्रातःकाल जब कम्मी की आंख खुली, वह जल्दी से बिस्तर पर से उठ गई और फिर खड़ी रह गई।

और फिर कम्मी को अपने-आप ही हंसी आ गई। सोई हुई को यह भूल गया था कि पिछले दिनों में उसने एक लम्बा सफर किया था। इतना

लम्बा कि जो उसे अपने कमरे से सैकड़ों मील दूर ले आया था। कल रात उसकी नींद उसे फिर उसके कमरे में वापस ले गई थी। और प्रातःकाल जागते ही वह जल्दी से मां की काटेज की ओर चली थी ; वहां जाकर उसे चाय बनानी थी, और चाय का प्याला हाथ में पकड़कर उसने मां को जगाना था।

कम्मी ने अपने आसपास इस तरह देखा जाने वह स्थान उसकी जान-पहचान का न हो। पर एक दिन की पहचान तो थी ही—कल वह इस घर में एक अजनबी की तरह आई थी, कितनी ही बड़ी उमर की औरतें, कितनी ही युवती महिलाएं, कितनी ही बालिकाएं, कुमारिकाएं उसको लाड़-दुलार करती रही थीं। जैसे उन सबका लाड़-दुलार उसके अजनबी चेहरे से कह रहा हो—'अब तू अपना-आप हमारे हवाले कर दे। किसीकी बहू बन जा, किसीकी भाभी...किसीकी देवरानी, किसीकी जेठानी, किसीकी चाची, किसीकी ताई...' कोई उसका दुपट्टा उठाती, कोई उसके मुंह में कौर देती, कोई उसकी मुट्ठी में रुपया रखती...और कम्मी ने अपना-आप उन सबके सुपुर्द कर दिया था।

मां के लिए सुबह की चाय का प्याला बनाने के लिए उठी कम्मी पुनः वैसी की वैसी ही पलंग पर बैठ गई। उसके तकिये के पास रात के फूल पड़े हुए थे। कम्मी ने मुरझाए, दबाए फूलों की मुट्ठी भर ली। एक क्षण के लिए आंखें बन्द करके कांगड़ा वादी के जंगली फूलों की कल्पना की और फिर मुट्ठी के फूलों में से एक गहरा सांस भरा। अजीब गन्ध थी।—कम्मी का सारा शरीर झनझुना गया। 'बासी फूलों की गंध किस तरह की हो जाती है!' कम्मी का दिल कुछ कच्चा-कच्चा-सा हुआ और उसने हाथ के फूल परे रख दिए—परन्तु वह गंध, वह वासना उसको अभी भी आ रही थी। कम्मी पलंग से उठकर सामने की खिड़की में खड़ी हो गई। बाहर की हवा का एक ठंडा झोंका आया, परन्तु कम्मी को वह गंध अब भी आ रही थी। कम्मी ने झुंझलाकर अपने हाथों को सूंघा, अपने कपड़ों को सूंघा—एक तीखी-सी गन्ध—और फिर कम्मी ने साथ के पलंग पर सोए हुए पाल को देखा। कम्मी का सिर नीचा हो गया—जैसे उसने अपना-आप इस गन्ध के

हवाले कर दिया हो।

2

पाल के गांव में कम्मी केवल सात दिन रही। आगे पाल की छुट्टियां समाप्त हो गई। उसने जालन्धर अपने कालेज हाज़िर होना था। वह गत वर्ष से वहां लेक्चरर लगा हुआ था।

"इतनी जल्दी लड़की को चौके-बर्तन में लगा देना है?" पाल की मां ने कहा, और फिर कहने लगी, "चाहे मेरे बिना घर का कामकाज नहीं चलता, पर मैं दो महीने इसके पास जालन्धर जाकर रह आती हूं।" और उसने बेटी को कई बातें समझाईं, "मेरे पीछे दूध-घी नष्ट न करना। समय पर गाय को दुहा लेना। मिठाई-विठाई बहुत पड़ी है, ज़रा संभलकर बरतना..." और स्वयं उसने एक छोटे-से ट्रंक में अपने कपड़े-लत्ते संभाले।

पर जिस दिन वहां से चलना था, उससे एक रात पहले उसके घुटने पर चोट लग गई। सारी रात वह घुटने को मलती और सेंकती रही, परन्तु सुबह होने तक वह इतना अकड़ गया हुआ था कि टांग हिलाई न गई। कम्मी और पाल को अकेले ही जालन्धर आना पड़ा।

जालन्धर पाल के पास रहने के लिए कालेज की ओर से मिला हुआ क्वार्टर था। कम्मी ने आते ही हाथों, बांहों से अंगूठियां, कंगन उतार सारा घर संवारा, संभाला।

"गांव से आते हुए हमने एक भूल की है," एक दिन कम्मी ने पाल को कहा, "ये सब ज़ेवर यदि आते समय हम माताजी को दे आते तो अच्छा था। यहां पड़े हुए तो ये खामखा का खतरा हैं।"

"तुम यहां बैंक में रख दो।" पाल ने उत्तर दिया।

"बैंक में?—यह भी ठीक है।" कम्मी ने कहा, और आगे कहने लगी, "मेरे जाने की क्या ज़रूरत है, आप ही जाकर रख आयो न।"

"मैं!" पाल ने जैसे हैरान होकर कहा।

"क्यों, आप क्यों नहीं?" कम्मी को यह हैरानी कुछ समझ में न आई।

"वहां तुम्हारे दस्तखत भी होने होंगे।"

"मेरे दस्तखत?—मेरे दस्तखत क्यों?"

"तुम्हारे जेवर हैं न, इसलिए तुम अपने नाम पर ही उन्हें रखना चाहोगी।"

कम्मी पाल के मुंह की ओर देखती रह गई।

"मैं अपने नाम पर जेवर रख आऊं, तो फिर केवल मैं ही निकलवा सकूंगा।" पाल ने थोड़ा ठहरकर कहा।

"तो इसमें क्या है! मुझे जाना नहीं पड़ेगा। जब कभी ज़रूरत होगी, आप जाकर ले आना।" कम्मी ने धीरे से कहा।

"मेरे ऊपर इतना विश्वास?" पाल की आवाज़ रूखी-सी हो गई।

कम्मी फिर पाल के मुंह की ओर देखती ही देखती रह गई।

"क्या बात है पाल, मुझे समझ नहीं पाई?" कितनी देर बाद कम्मी इतना कह सकी।

पाल मुस्करा दिया। कम्मी को महसूस हुआ कि यदि वह इस तरह मुस्कराने के स्थान पर उसके मुंह पर चपत लगा देता तो शायद उसे कम पीड़ा होती।

इसके पश्चात् पाल ने कम्मी के सवाल को इधर-उधर कर दिया और कालेज चला गया।

शाम को कम्मी ने रोज़ की तरह चाय बनाई। पाल वापस आया। कम्मी ने चाय का प्याला उसे पकड़ाते फिर अपनी आंखों में सवाल भरकर उसके चेहरे की ओर देखा।

पाल का चेहरा खाली था। कम्मी को कोई उत्तर नहीं मिला।

अपने हाथ में चाय का प्याला पकड़ते कम्मी की आंखें भर आई। "पाल!" वह केवल इतना कह सकी।

"चलो, जाने दो बात को कमल! हरेक को अपनी चीज़ की हिफाज़त रखनी चाहिए। इसमें कौन-सी बुरी बात है! तुम कल किसी

बैंक चली जाना और अपनी चीज़ें संभाल पाना। मुझे इस बात के लिए कहो भी न!"

"पर इसमें केवल मेरा क्या है? ...और कहने का यह अंदाज़?" कम्मी की आवाज़ भर आई।

"यदि तुमने मकान के बारे में एहतियात कर ली है तो ज़ेवरों के बारे में भी कर लो। इसमें मुझपर विश्वास करने की क्या ज़रूरत है?"

"मकान के बारे में?..." कम्मी ने दांतों से अपना नीचे का होंठ काटा और कहने लगी, "कौन-सा मकान?"

"कौन-सा मकान, वही मकान जो तुम्हारे पिता ने तुम्हें दिया है।"

"उसमें मैंने क्या एहतियात की है, पाल?"

"तुमने अपने नाम पर जो उसे लिखवाया है।"

"मैंने नहीं लिखवाया, पाल! ...सच, मैंने नहीं लिखवाया!" कम्मी के माथे में दर्द की एक टीस उठी।

"मैने अपने लिए नहीं कहा कम्मी...मेरे मां-बाप ही बावले हैं! उन्होंने उसे बुरा शगुन समझा है।"

"बदशगुनी?" कम्मी के होंठ हिले, पर पूरी तरह आवाज़ न निकली।

"हां, यदि वे दामाद के लिए मंगलकामना करते तो उसके नाम लिखते। गांवों के लोग वहमी जो ठहरे...वे सोचते हैं, यदि दामाद पर विश्वास ही नहीं तो फिर दामाद काहे का?... उन्होंने पहले ही से तकसीम कर दी। लड़की की सम्पत्ति अलग कर दी..."

पाल ने शायद आगे कुछ कहा, परन्तु कम्मी के सिर को चक्कर आ गया, उसे सुनाई न दिया।

"मैं पिताजी को लिख देती हूं कि वे कागज़ों पर से मेरा नाम काट दें।"

"मुझे नहीं चाहिए मकान!" पाल ने जल्दी से इस तरह कहा जाने किसीने मकान खरीदते समय बताया हो कि रात को इस मकान में भूतों की आवाज़ें आती हैं, और खरीदनेवाले ने हाथ में पकड़ा हुआ पेशगी धन जेब में डाल लिया हो।

कम्मी के सिर को पुनः एक चक्कर आ गया।

3

कम्मी के हाथ-पांव एक अजीब तरह से अलसा गए—एक सीलन-सी चढ़ गई। उसके रोज़ के सारे नेम टूट गए। परन्तु एक बात में उसने अंगों को अपनी मर्ज़ी के बाहर न जाने दिया। उसने समय पर पाल के लिए सुबह की चाय बनाई। पाल कालेज चला गया और वह फिर उसी सील के हवाले हो गई।

नहाने की, घर को झाड़ने-पोंछने की, कपड़े बदलने की, और आप चाय पीने की जैसे उसके भीतर कोई हिम्मत ही न थी। मां को चिट्ठी लिखने के लिए उसके मन में ख्याल आया, पर फिर उस ख्याल पर भी जैसे कोई सील-सी चढ़ने लगी।

उसके सारे ख्याल उसके बालों की तरह उलझे हुए थे। कोई कंघी उसके हाथ में आती नहीं थी। एक बार उसने उठकर अपनी अलमारी में से कुछ किताबें निकालीं। अच्छे वाक्यों पर निशानियां लगा लेना उसकी पुरानी आदत थी। आगे भी वह कभी-कभी उन वाक्यों से एक हिम्मत उधारी मांगा करती थी। आज भी उसकी पुरानी पादत ने नई पीड़ा को आश्रय देना चाहा। कम्मी ने कितनी ही पंक्तियां पढ़ीं, पृष्ठ पलटे, और पंक्तियां पढ़ीं, और फिर उसे लगा जैसे सारे अक्षर अपने-अपने स्थान पर से हिल गए हों और आगे-पीछे हो जाने से उनमें से आज कोई अर्थ न निकल रहा हो।

दरवाज़ा खटका।

'शायद मां की चिट्ठी आई हो।' कम्मी ने जल्दी से दरवाज़ा खोला। दरवाज़ा खटखटानेवाली एक लड़की थी। 'शायद कोई पड़ोसिन हो।' कम्मी ने सोचा।

आनेवाली लड़की ने एक नज़र कम्मी को देखा और फिर शायद उसे महसूस हुआ कि वह घर भूल गई थी। उसने एक बार क्वार्टर की देहली से बाहर हो उसका नम्बर पढ़ा। और फिर एक विश्वास के साथ कमरे के भीतर आ गई।

"प्रोफेसर सत्यपाल कालेज गए हैं?"

"हां।"

वह लड़की फिर चुप हो गई। कम्मी के चेहरे की ओर देखती रही। फिर उसने कम्मी के कपड़ों की ओर देखा। उसके बिखरे-उलझे बालों की ओर देखा। उसकी खाली बांहों की ओर देखा और कहने लगी:

"प्रोफेसर साहब का विवाह हो गया है?"

"हां।" कम्मी ने आहिस्ता से कहा और फिर उसे महसूस हुआ कि उसकी आज की सूरत इस 'हां' को शर्मिन्दा कर रही थी।

"उनकी पत्नी कहां हैं? मुझे...मुझे उनसे मिलना है।"

आनेवाली लड़की ने कम्मी की ओर देखकर इस तरह कहा जैसे उसे उसके पत्नी न होने के सम्बन्ध में ज़रा भी सन्देह न हो।

"कहो।" कम्मी ने कितनी देर बाद केवल इतना ही कहा।

"आप? ...." वह लड़की जैसे कम्मी के चेहरे की ओर देखती रह गई।

"हां।" कम्मी ने उस लड़की के लिए एक कुर्सी आगे की और आप सामने की कुर्सी पर इस तरह बैठ गई जैसे अब उससे और खड़ा न हुआ जा रहा हो।

उस लड़की के चेहरे पर एक पीला रंग फिरा। फिर एक हरी-सी झलक आई। "तबियत ठीक नहीं? ......" इस बार कम्मी की आवाज़ पहले जैसी बेदिल नहीं थी—और कम्मी हैरान-परेशान हो गई, वह लड़की दोनों हथेलियां अपने मुंह पर रखकर रोने लग पड़ी।

कम्मी और वह लड़की समवयस्क थीं। शायद वह एक-आध वर्ष उससे छोटी हो, पर कम्मी ने उठकर उसके चेहरे को इस तरह पोंछा जाने वह एक छोटे-से बालक को पुचकार रही हो।

वह कुर्सी पर बैठी हुई थी, कम्मी खड़ी हुई थी। बैठे-बैठे उसने कम्मी की बांह के साथ अपना सिर लगाया जैसे उसकी झोली में वह अपना सारा भरा हुआ दिल उंडेल देना चाहती हो।

"आपका कोई दोष नहीं दीदी! दोष मेरा अपना ही है।" फिर वह लड़की इस तरह चुप हो गई जाने उसके आंसू समाप्त हो गए हों।

"तुमने मुझे दीदी कहा है—फिर एक छोटी बहिन की तरह मेरा कहा मान जा। अपनी दीदी पर विश्वास कर। मुझे बता क्या बात है। इसमें मेरे

विवाह का कुछ दोष है?"

"दोष किसीका भी नहीं दीदी! मैंने तो कहा है कि दोष मेरा ही है।...सत्यपाल...... सत्यपाल ने इकरार किया था मेरे साथ विवाह करने का..."

"सच!" कम्मी को एक अजीब-सी हैरानी हुई कि इस बात से उसको कोई दर्द या टीस होनी तो दूर रही, बल्कि भीतर एक चैन-सा आया।

"फिर?" कम्मी ने उत्सुकता से पूछा।

"फिर सारा दोष मेरा है, जिसने उस इकरार पर अपनी ज़िन्दगी की बाजी लगा दी!" सब सहारों को छोड़ते हुए उसने आंसुओं का सहारा भी छोड़ दिया।

"यदि मुझे पता होता..." कम्मी ने एक बार कहा, और फिर चुप हो गई। फिर आप ही अपनी चुप को तोड़कर आहिस्ता से कहने लगी, "मैं कभी तेरे रास्ते में न पाती।"

"नहीं दीदी! आप मेरे रास्ते में नहीं आईं। मेरी राह में, जहां तक मेरा विचार है, आपका..." आगे जैसे उस लड़की ने अपने होंठ बन्द कर लिए।

कम्मी की प्रश्न-भरी आंखों के आगे उस लड़की ने आंखें झुका लीं, और फिर झुकी आंखों से ही कहने लगी, "वे मुझे कहा करते थे कि उनके मां-बाप एक खास स्थान पर उनका विवाह करना चाहते हैं। पर वह लड़की ज़िद्दी और नखरेवाली है—वे कभी भी वहां विवाह नहीं कराएंगे।" और फिर उस लड़की ने घबराकर कम्मी की ओर देखा, जैसे जाने अथवा अनजाने उससे कम्मी का अपमान हो गया हो। कम्मी ने उसकी तसल्ली के लिए उसके बालों में हाथ फेरा और मुस्कराई भी। जैसे कह रही हो, 'ऐसी किसी बात से मेरा अपमान नहीं हो सकता!'

"परन्तु आप तो बहुत अच्छी हैं दीदी! ..." उस लड़की ने जल्दी से ऐसे कहा जैसे वह केवल अपनी नहीं, सत्यपाल की बात को भी एक भूल समझती हो।

कम्मी को इस भूल से कोई वास्ता नहीं था। उसे केवल एक विचार

आया—"तो फिर उन्होंने मेरे साथ विवाह क्यों कराया?"

"इसलिए कि आपके पिताजी ने आपके दहेज में मकान देने के लिए कहा था।"

"मकान?" कम्मी चुप हो गई। उसे महसूस हुआ, और कुछ पूछने के लिए उसके पास कोई प्रश्न नहीं था।

"दीदी! मुझे माफ कर दो।...जिस समय मैं आई थी, उस समय मेरे मन की हालत बड़ी अजीब थी, शायद बड़ी खराब थी।... मैंने सोचा था, मुझे तो मर ही जाना है, पर मरने से पूर्व आपका सुख भी छीन लूं..." उस लड़की ने सिर नीचा कर लिया, और फिर जैसे अपने होंठों में ही कहा, "... मैंने अच्छा नहीं किया...आपको दुःख देकर मैंने क्या हासिल कर लिया! ..." और वह लड़की बावरी-सी कुर्सी से उठ बैठी।

"तू उनको इतना प्यार करती है! ..." कम्मी ने उसकी बांह पकड़ ली।

"प्यार?" उसने इस तरह कहा जैसे उस शब्द से उसके होंठों को सेंक लगा हो। फिर संभलकर कहने लगी, "प्यार ही करती थी—लेकिन अब नहीं! जो व्यक्ति प्यार का सौदा एक मकान के साथ कर ले, उससे कोई क्या प्यार कर सकता है! ..."

दुःखों में भी एक रिश्ता होता है। कम्मी को अभी तक उस लड़की का नाम भी पता नहीं था, परन्तु उसे महसूस हुआ—दुःखों ने उसका उस लड़की के साथ एक रिश्ता जोड़ दिया था। वह ममत्व से कहने लगी, "यदि तुम्हारी जगह मैं होती तो मैं उस आदमी के लिए कभी न रोती, जो दिल का सौदा एक मकान के साथ कर लेता..."

"मेरी जगह...?" जैसे उस लड़की का घाव दुख गया हो। कहने लगी, "ईश्वर करे, मेरी जगह कोई न हो!" फिर उसने कम्मी के चेहरे की ओर देखा, "मेरा अब इस दुनिया में कोई स्थान नहीं दीदी!"

"बावरी!" कम्मी के बोल में एक लाड़ था। उसने उस लड़की की ओर ऐसे देखा जैसे कोई बालक एक कुल्फी पर से रूठकर घर से बाहर चल पड़ा हो।

उस लड़की ने इस तरह उलाहने के साथ कम्मी की ओर देखा जैसे कह

रही हो, 'तुमने मेरा दुःख नहीं जाना। तुम्हें क्या पता कि औरत के दुःख कितने लम्बे होते हैं...' और कहने लगी, "गुनाह मर्द का भी उतना ही होता है जितना कि औरत का—परन्तु इस दुनिया में सज़ा केवल औरत को ही मिलती है।"

अब शायद कम्मी ने उसके दुःख़ का पता लगा लिया था। इसलिए कुछ न कहा। उसे पता था कि शब्द कभी दुःखों को माप नहीं सकते।

चुप्पी को भंग करने के लिए शायद किसीके पास कोई शब्द नहीं था। इसलिए लड़की ने कम्मी को एक खामोश विदा कही और जाने लगी।

"कहां जाएगी?" कम्मी ने उसकी बांह पकड़ ली।

"पता नहीं कहां..."

"तुम अपना यह घर छोड़कर कहीं नहीं जाओगी।"

"मेरा घर?... कौन-सा मेरा घर!"

"यह घर—यह तुम्हारा घर है, तुम्हारे बच्चे का घर है।" कम्मी ने हाथ पकड़ उसे कुर्सी पर बिठा दिया।

"दीदी!"

"तुम्हारा नाम?"

"शील।"

कम्मी के दिल में सारा स्थान दुःख ने घेरा हुआ था, पता नहीं किस कोने से एक मुस्कराहट आई।

कम्मी ने कहा, "शील! तुम्हारा अधिकार तुमसे कोई छीन नहीं सकता।"

"दीदी!" शील जैसे चौंक उठी। कहने लगी, "दीदी, आप भूल गई हैं कि पाल का विवाह आपके साथ हुआ है, मेरे साथ नहीं।"

"मेरे साथ पाल का कोई विवाह नहीं हुआ। यदि पाल का कोई विवाह हुआ है तो एक मकान के साथ हुआ है। और मकान एक बेजान चीज़ होती है..."

"नहीं दीदी, नहीं...यह नहीं हो सकता, अब कुछ नहीं हो सकता..." शील घबराकर कुर्सी पर से उठ बैठी, "मैं इसलिए नहीं आई थी। मुझे कुछ नहीं चाहिए। कोई अधिकार नहीं चाहिए..." शील पता नहीं क्या कुछ

कहती गई।

"तुम्हें कुछ चाहिए अथवा नहीं, मुझे इसका पता नहीं—परन्तु एक बच्चे को घर ज़रूर चाहिए..." कम्मी ने एक फैसले की तरह कहा।

"जिसके जन्म से पहले ही ये नसीब हों—उस माथे की बदनसीबी कहीं खतम न होगी दीदी!" शील ने अपने माथे को अपनी हथेली से दबाया और फिर कहने लगी, "यह आपके या मेरे बस की बात नहीं दीदी।"

"अच्छा, मुझे देख लेने दे मेरा बस कहां तक चलता है!" और कम्मी ने शील की ओर देखकर कहा, "तुम्हें मेरी कसम, यदि तुम यहां से बाहर जाओ—तुम्हें अपनी दीदी की कसम—तनिक बैठो, मैं तुम्हारे लिए चाय लाती हूं।"

कम्मी ने चाय बनाई, आप भी पी और शील को भी पिलाई। फिर अपने कपड़े बदले।अपने बाल संवारे। उसे महसूस हो रहा था, सारा आलस्य उसके अंगों से उतर गया था। एक नई हिम्मत उसके अंगों में आ रही थी।

"परन्तु होगा क्या दीदी?" शील ने एक बार पूछा।

"कुछ अच्छा ही होगा, बुरा नहीं होगा।" कम्मी ने केवल इतना ही कहा।

शील कितनी ही छोटी-छोटी बातें कम्मी के साथ करती रही। दोनों ने मिलकर रोटी बनाई। शील उसको बताती रही कि कालेज से छुट्टियां लेने तक पाल उसको मिलता रहा। बच्चे का थोड़ा-थोड़ा सन्देह उस समय ही हो गया था, परन्तु अभी उसने पाल के साथ बात नहीं की थी। अचानक दूसरे दिन आई। यह क्वार्टर बन्द था। फिर वह कालेज गई। पता लगा कि पाल ने एक महीने की छुट्टी ले रखी है।—वह घबरा गई। न ही उसका कोई खत आया, न उसका कुछ पता ही लगा। दिन बीतते गए, दिन चढ़ते गए—कल अचानक उसे किसीने बताया कि पाल वापस आ गया है। शायद विवाह करके आया है।

शाम के चार बजे थे जबकि बाहर का दरवाज़ा खटका।

"दीदी, अब क्या होगा?" शील ने घबराकर कम्मी का हाथ पकड़ लिया।

"कुछ नहीं होगा। तुम दरवाज़ा खोलो। मैं साथ के कमरे में जाती हूं।"

"नहीं दीदी, नहीं..." शील ने जल्दी से कहा।

दरवाज़ा फिर खटका।

"जल्दी कर, मेरी कसम..." और कम्मी उसे दरवाज़े की ओर धकेलकर आप साथ के कमरे में चली गई।

दरवाज़ा खुला। पाल के पैरों को जाने देहली ने पकड़ लिया हो, "तुम!" पाल के चेहरे पर एक रंग घबराहट का आया और एक रंग गुस्से का। शील के चेहरे पर कोई रंग नहीं आया। वह केवल खड़ी रही।

"वह कहां है?" आखिर पाल ने घबराकर पूछा।

कम्मी शांत अडिग कमरे में आई। एक फूल उसके बालों में, एक मुस्कराहट उसके होंठों में रंगी हुई थी।

पाल के सारे शरीर पर पसीना आ गया।

"मुझे देखकर हैरान क्यों हो गए पाल? क्या मुझे अधिकार नहीं कि अपनी छोटी बहिन के घर आ सकूं? शील मेरी छोटी बहिन है।"

पाल ने न कम्मी की ओर देखा, न उसे कुछ कहा। शील की ओर देखकर कहने लगा, "तुम क्या चाहती हो शील? तुम क्या करने आई हो?"

शील ने कोई उत्तर न दिया। कम्मी ने कहा, "यह भी कोई सवाल है पाल? वह किसी बेगाने के घर तो नहीं आई! वह अपने घर आई है।"

"मैं तुम्हें पूछ रहा हूं..." पाल ने शील की ओर देखा। उसकी आंखों में उसके शब्दों से भी अधिक गुस्सा कांप रहा था।

"पाल, इस गुस्से का कोई फायदा नहीं, वह अपने घर आई है, अपने घर रहेगी।" कम्मी ने कहा।

"कौन कहता है कि यह उसका घर है?" पाल ने खीझकर एक बार कम्मी की ओर देखा, एक बार शील की ओर।

"मैं कहती हूं—शील कहती है—और पाल...यदि आपके दिल में कोई सचाई है तो वह भी कहती!" और फिर कम्मी ने शील को कहा, "आओ, भीतर से चाय लाओ।"

शील जल्दी से अन्दर चली गई, जैसे इस कमरे में से बड़ी मुश्किल से उसकी जानखलासी हुई हो।

"बैठ जाओ, पाल। खड़े क्यों हो?"

"यह क्या मज़ाक है कमल!"

"मज़ाक नहीं पाल! तुम खुद ही बताओ—अब शील कहां जाए?"

"मुझे क्या पता, कहां जाए! अपने मां-बाप के घर जाए!" पाल ने हारकर सारे पांसे फेंक दिए।

"अपने मां-बाप के घर जाने का हरएक का अधिकार होता है न?" कम्मी ने जैसे एक पांसा उठा लिया हो।

पाल को महसूस हुआ, कम्मी का सवाल बेसिर-पैर का था, फिर भी उसने कहा, "अपने मां-बाप के घर जाने का किसे अधिकार नहीं होता?"

"फिर आपका बच्चा भी आपके घर आया है—शील आपके बच्चे को लेकर आई है।..."

हल्दी शायद कम पीली होती हो, पाल का चेहरा बहुत पीला हो गया।

सायंकाल पक्षी जब अपने घोंसलों की ओर वापस आ रहे होते हैं तो उनके पांवों में एक तीव्रता होती है। कम्मी के पांवों में भी उसी प्रकार की तीव्रता थी।

गाड़ी की चाल धीमी थी, मन की चाल तीखी थी। फिर स्टेशन पर उतरकर दो मील कच्चा रास्ता और आ गया। कम्मी ने हैरान होकर कच्चे

रास्ते की मिट्टी को देखा। उसके भूरे रंग में आज कुछ गुलाबी छाप दिखाई दे रही थी। कम्मी को महसूस हुआ, आज यह मिट्टी अपनी कम्मी को मिलकर बहुत प्रसन्न थी।

मां स्कूल में होगी। कम्मी ने सोचा। काटेज का दरवाज़ा बन्द था, फिर वह काटेज के पिछले दरवाज़े की ओर चली गई। रसोई का दरवाज़ा खुला था, केवल भिड़ा हुआ था। कम्मी ने अपने हाथ का सूटकेस एक ओर रख दिया। मुंह-हाथ धोया और अपने लिए चाय बनाई।—जाली की अलमारी को देखा। उसमें डबलरोटी थी, मुरब्बा था। कुछ अमरूद थे। आज कम्मी को बेहद भूख लगी हुई थी।

फिर कम्मी ने उस खिड़की के दरवाज़े को धकेला, जोकि मां के कमरे में से रसोई की ओर खुलती थी। कम्मी को पता था, उस खिड़की की चटकनी दूसरी ओर से अच्छी तरह नहीं लगा करती थी। मां केवल ज़ोर से उसे भिड़ा देती थी। कम्मी ने ज़ोर लगाया, खिड़की खुल गई, और फिर कम्मी उस खिड़की से कूदकर कमरे में इस तरह चली गई, जैसे कोई बालक स्कूल से भागकर आया हो और बाप की मार से डरता सामने के दरवाज़े से घर में प्रवेश न कर, धीरे से किसी खिड़की से कूदकर आ जाए!

कम्मी चुपचाप मां के बिस्तर पर कम्बल लेकर लेट गई और उसने अपने कान दरवाज़े की ओर कर लिए। मां के स्कूल से आने का समय होता जा रहा था।

बाहर के दरवाज़े खुलने की आवाज़ आई, और कम्मी ने कम्बल को अच्छी तरह अपने मुंह के ऊपर कर लिया, जैसे अब बाप से मार खाने का समय आ गया हो।

"आई, तो फिर गई कहां?" मां की आवाज़ आ रही थी।

"पता नहीं बीबी, मुझे तो सड़क पर स्टेशन मास्टर जाता हुआ मिला था, उसने कहा था कि आज दोपहर की गाड़ी से कमल बीबी आई है। हो सकता है, उसे पहचानने में भूल हो गई हो।" कम्मी ने आवाज़ पहचान ली थी। यह माली की आवाज़ थी।

कम्मी की हंसी निकल गई। उसने कम्बल को अपने शरीर पर अच्छी

तरह लेकर आसपास से दबा लिया ; परन्तु मां को हंसी का सुराग मिल गया था।

"यह देख..." मां दौड़कर चारपाई के पास आई।

कम्मी ने कम्बल को दूर फेंक दिया और मां से लिपट गई।

"दरवाज़ा तो बन्द था-तू भीतर कैसे आ गई?"

कम्मी ने खिड़की की ओर इशारा किया और हंस पड़ी।

"शरारती!" मां चारपाई पर बैठ गई। कम्मी ने मां की गोद में अपना सिर छिपा लिया, जैसे उसकी आंखें मां की आंखों से मिलने से डरती हों।

"कुछ खाया-पिया है कि नहीं?" मां ने कम्मी के बालों से दुलार किया।

"डबलरोटी, मुरब्बा, अमरूद, चाय..." उसी तरह गोद में पड़े-पड़े कम्मी ने कहा।

"पाल भी आया है?"

"नहीं।"

"रहोगी न कुछ दिन?"

कम्मी ने सिर हिलाकर 'हां' की।

"मेरी ओर देख..." मां ने कम्मी का सिर ऊंचा किया, कम्मी के मुंह की ओर देखा, किसी उदासी की कोई रेखा नहीं थी। एक सन्तोष के साथ उसका सिर तकिये पर रख दिया। फिर एक गहरा सांस भरके कहने लगी, "मुझे दिन-रात तुम्हारी ही चिन्ता... आंखों के आगे तेरा ही चेहरा...मैंने सोचा था, मेरे लिए अब इस दुनिया में कोई झंझट नहीं.. पर..." और मां ने कम्मी के मुंह की ओर देखा, अपने मन के झंझट की ओर देखा।

"जीते जी तो यह झंझट नहीं छूटता!" कम्मी हंस पड़ी।

रात को कम्मी ने मां के लिए खाना बनाया। खाना बनानेवाली चन्दो को आज उसने बाहर के छोटे-मोटे काम करने पर लगाए रखा।

चौके में उसने मां के लिए मूढ़ा रखा।

रोटी के पहले कौर को मुंह में डालते हुए मां ने कहा, "तेरे हाथ की रोटी—कितने दिनों के बाद नसीब हुई है!" और मां की आंखें भर आईं।

"मेरी पन्द्रह दिनों की गैरहाज़िरी..."

"ये पन्द्रह दिन मुझे ऐसे लगे जैसे पन्द्रह बरस हो गए हों..."

"मां, मैं रोटी अच्छी बनाती हूं?"

"पर इस रोटी का लाभ तो उसे है, जो हमेशा तेरे हाथों की पकी खाएगा..."

"यदि मेरी मां इसको लाभ ही कहती है, तो फिर यह लाभ उसे ही मिलना चाहिए..."

मां के हाथ से रोटी छूट गई।

"मैं तो मज़ाक कर रही हूं—" कम्मी ने एक गर्म रोटी मां की प्लेट में रखी।

मां को खिलाकर कम्मी ने स्वयं खाना खाया।

"आज चांदनी रात है मां!"

"बाहर चलोगी, पानी के किनारे?—मैंने कहा था कि तुम थकी हुई होगी।"

"थोड़ी देर...!" कम्मी ने इस तरह लाड़ से कहा कि मां ने सोचा, कम्मी प्रसन्न है, सचमुच बड़ी प्रसन्न है।

पानी के किनारे पर आकर कम्मी ने पहले मां के बैठने के लिए एक चौड़ा पत्थर चुना, फिर निकट के एक पत्थर पर वह स्वयं बैठ गई।

"कम्मी, मुझे तुम्हारी ओर से बहुत डर लगता रहा, आज तुम्हें देखकर मुझे कुछ सन्तोष हुआ है।"

"भला मां, तुम्हें क्या डर लगता था?" कम्मी स्कूल में और आगे-पीछे हमेशा मां को 'आप' कहकर पुकारती थी, परन्तु कभी अकेले में बैठी, प्यार में पगली हुई 'तुम' भी कह दिया करती थी।

"मुझे यह भय लगता था..." मां ने बहते पानी से एक अंजलि भरी और फिर उंगलियों को खोलकर पानी को बहा दिया। कहने लगी, "तुम्हारे और मेरे जैसे लोग एक कल्पना को चाहते हैं, एक कल्पना को प्यार करते हैं। कल्पना सुन्दर होती है—जितनी मन चाहे वह उतनी ही सुन्दर बना ली जाती है, और फिर हम वास्तविकता को भी उसी कसौटी पर परखने

लग जाते हैं—यही हमारा सौभाग्य होता है, यही हमारा दुर्भाग्य! यह हमारे मनों में पड़ी हुई कल्पना, वास्तविकता की कसौटी कभी नहीं बन सकती..."

"मां, आज मेरी ओर देखकर तुम्हें क्या लगता है?"

"मुझे अच्छा ही लग रहा है, बुरा नहीं।"

"सचमुच अच्छा है।" और कम्मी पानी के साथ खेलने लग पड़ी।

"तुममें भावुकता की अमीरी है कम्मी! पाल शायद इस दिशा में तेरे स्तर पर न पहुंच सके। परन्तु यदि तू इस बात की चिन्ता छोड़ दे—अथवा अपने तराज़ू के पलड़े से कुछ निकालकर उसके पलड़े में डाल दे..."

"मैं यही कर आई हूं मां। उसका पलड़ा बड़ा हलका-हलका था, दूसरी ओर न्याय था, बड़ा भारी। फिर मैंने उसके पलड़े में बहुत कुछ डाल दिया... न्याय को तोल दिया।"

मां घबराई, "तुम क्या कर आई हो कम्मी?"

"कुछ नहीं, मां। घबरानेवाली कोई बात नहीं। शील एक लड़की थी, जिसे पाल प्यार करता था। और शील भी उसको उसी तरह प्यार करती थी, जिस तरह का प्यार मैंने उसे कभी नहीं किया..."

ठंडी रात में भी मां के माथे पर पसीना आ गया—"...पर तुम कर क्या आई हो?"

"न्याय कर आई हूं—और क्या!" कम्मी हंस पड़ी।

"यदि यह बात थी तो फिर उसने तुम्हारे साथ विवाह क्यों किया?" मां के भीतर कुछ खौल पड़ा।

"मां, यह तो वही बात है, यदि उसे मेरे साथ विवाह करना था तो फिर शील से मुहब्बत क्यों की?—इन बातों का कोई उत्तर नहीं। किसीके पास कोई उत्तर नहीं। अब प्रश्न यह था कि मेरे साथ उसका केवल एक रस्म का बन्धन था। शील के साथ एक बच्चे का बन्धन था—अब तुम स्वयं ही बताओ, मां, रस्म बड़ी कि बच्चा?"

मां के सिर को एक चक्कर आया। उसने इस बात का कोई उत्तर न दिया, केवल पूछा, "पर तुम कर क्या आई हो?"

"कुछ नहीं मां, कुछ नहीं...। शील के पास एक बच्चा था, पर वह एक रस्म का मोहताज था। वह रस्म मैंने उसे ले दी।"

"पर तुम्हारी रस्म? तुम्हारे विवाह की रस्म?"

"वह टूट गई।" कम्मी ने हाथ के साथ ऐसे किया जैसे एक धागा तोड़ा हो। और फिर वह हंस पड़ी।

"यह हंसनेवाली बात नहीं कम्मी। ये रस्में इतनी जल्दी नहीं टूटतीं..."

"दुनिया की कचहरी का मुझे पता नहीं। पर मन की कचहरी में वह टूट गई है।"

"और शील?"

"शील सोच रही थी कि उसके लिए एक ही राह है कि वह मर जाए। पर मैंने सोचा कि उसके लिए एक और भी राह है—जीवन की राह!" कम्मी ने थोड़ा सांस लेकर कहा, "ज़रा कठिन काम था...पर हो गया। पूरा हो गया।"

मां कुछ देर तो कम्मी की ओर इस तरह देखती रही जैसे एक अचम्भा देख रही हो। फिर आहिस्ता से कहने लगी, "पर इतनी जल्दी एक विवाह किस तरह खतम हुआ, दूसरा बना किस तरह?"

"खतम तो एक मिनट में हो गया।" कम्मी ने हाथ से चुटकी बजाई—जैसे उसने विवाह नहीं बिजली बुझाई हो। और फिर कहने लगी, "इस दूसरे काम के लिए थोड़ी देर लग गई। पहले तो पाल का गुस्सा ही हाथ न आए, फिर मैंने शील के मां-बाप को बुलाया। उन बेचारों को कुछ पता भी न था। रोने लगे। कभी कहते कि हम अपनी बेटी को मार डालेंगे, कभी कहें कि हम पाल को मार डालेंगे। फिर पाल भी डर गया। उसका सारा गुस्सा जाने कहां चला गया। रातों-रात ही पंडित बुलवाया और दोनों का विवाह कर दिया।"

"और तुम?" मां को महसूस हुआ कि जिस पत्थर पर वह बैठी हुई थी, वह मिट्टी के ढेले की तरह घुलने लग गया था।

"शील मेरे पैरों पर गिरती रही, कहने लगी, 'दीदी, मैं तुम्हारी दासी बनकर रहूंगी, पर तुम मुझे छोड़कर मत जाओ!'

शील के मां-बाप बेचारे बहुत ही रोते थे। मुझे कहते थे, तुमने हमारी बेटी की जान बचाई है। आज से तुम भी हमारी बेटी हो, तुम बड़ी बेटी, और शील छोटी बेटी। तुम दोनों मिलकर रहो। हम शील की ज़बान खींच लेंगे यदि वह कभी तुम्हारे सामने बोली!"

नदी का जल शीतल था, मां के आंसू गर्म थे, पर दोनों मिलकर बह रहे थे।

2

पिता का दुःख भी सच्चा था, शायद दलीलें भी सच्ची ही थीं, "उसकी (पाल की) यह कमीनगी!...मैं उसे कहीं मुख दिखाने योग्य न छोड़ता—इतने ज़ेवर, इतने कपड़े, उसने बाप की कमाई समझकर रख लिए! चक्कर मार-मारकर उसने और उसके बाप ने मेरे घर की देहली घिस दी—मैं उसे अदालत में ले जाऊंगा—एक-एक पाई वसूल करूंगा—मेरी बेटी इस तरह बिठा दी उसने—उसने मुझे समझा क्या था!"

बेटी पर भी उसे बहुत रंज था, "तुमने अपने हाथों सब कुछ तबाह कर दिया—उसका पाप स्वयं मुंह से बोलता—तुम्हारा क्या जाता था यदि वह (शील) डूब मरती—अपने किए का फल पाती—बड़ी आई उसको बचानेवाली—चार अक्षर पढ़ क्या लिए—तुम आप ही खुदा हो गई हो—तुम मुझे बुलातीं—फिर देखतीं मैं क्या करता—उसको (पाल को) गले से पकड़ लेता—उसकी गर्दन दबोच उसको सीधा कर देता! ..."

कम्मी ने बिलकुल मौन रखा। वह सोचती थी, 'मेरा मौन और समय ये दोनों चीज़ें आहिस्ता-आहिस्ता इस आग पर पानी छिड़क देंगी।'

3

कम्मी की दुनिया दो मील लम्बी थी।

इन दो मीलों में एक स्कूल था, स्कूल में एक सौ बत्तीस बच्चे थे। चालीस मिनट वह बच्चों के एक ग्रुप में होती, फिर चालीस मिनट दूसरे ग्रुप में, फिर चालीस मिनट एक और ग्रुप में, इस तरह उसके पांच घटे व्यतीत हो जाते।

इन दो मीलों में लगभग पचास पहाड़ी घर थे, उन घरों की कई स्त्रियां, कई बूढ़े, कई बच्चे, कम्मी के आने की प्रतीक्षा करते थे। कई बार वह किसी स्त्री के साथ मिलकर धान कुटती, आमों के टुकड़ों को धूप में डालती, घर के पिछवाड़े बोई हुई चाय की पत्तियों को चुनती। किसीके चर्खे पर ऊन कात देती। किसीकी तीलियों पर नाड़े बुन देती। किसीके लिए सलाइयां लेकर उसको स्वेटर बुनना सिखा देती। बूढ़े कम्मी के हाथों दवा-दारू लेते। वह किसीके लिए दूध गर्म कर देती, किसीको सोंठ-अजवायन की पिन्नियां बना देती, किसीको घुटनों पर मालिश करने के लिए शहर से तेल मंगवा देती। छोटी-छोटी दवाइयां, छोटे-छोटे हौसले वह जाती और बांट आती—बच्चे उससे कहानियां सुनते, तस्वीरें देखते, उससे मिठाई मांगते और उसकी राह देखते रहते थे।

इन दो मीलों में सैकड़ों वृक्ष और पौधे भी थे। किसीको फल लगते, किसीको फूल लगते। किसीके पत्ते सुगन्धि बांटते, किसीके पत्ते रंग बिखेरते। और कितने ही खेत थे—जो तृप्ति बांटते थे।

इन दो मीलों में एक नदी थी, पांच नाले थे, दो बावलियां थीं। पानी कल-कल करता रहता था। धरती का दिल धड़कता रहता था।

कम्मी सोचती, आकाश की इस तरह की बिल्लौरी छत सब स्थानों के सिर पर नहीं होती, जिस तरह की इन दो मीलों के सिर पर थी। यहां चांद भी एक शान से चढ़ता था। यहां सूरज भी एक तेज लेकर आता। यहां बादल भी ऊंचे-ऊचे घर निर्मित करते थे।

और उन दो मीलों में एक चेहरा वह भी था, जिसमें से कम्मी को मां भी

मिलती थी और साथ भी मिलता था।

कम्मी सोचती थी, वह सुखी थी, बड़ी सुखी थी।

इस तरह दो मीलों के मकान में कम्मी ने बहुत-सी खिड़कियां लगा लीं-ये किताबें थी। इन खिड़कियों का मुंह सारी दुनिया की ओर खुलता था, सभी देशों की ओर। कम्मी कभी एक खिड़की में बैठती, कभी दूसरी खिड़की में, और उसको दूर से दूर स्थित देश की भी हवा आ जाती।

4

वर्षा होकर हटी थी। पहाड़ी पगडंडियों पर चाहे फिसलन नहीं होती, परन्तु उनके गीले पत्तों पर से कई बार पैर फिसल जाते हैं। कम्मी आसपास उगे हुए पौधों को हाथ डालती, कोई आधा फलार्ग दूर घने वृक्षों में जा बैठी—एक बकरी वहां पत्तों को मुंह मार रही थी। वृक्ष की शाखाओं से मुंह से पत्ते छीनने की आवाज़ कम्मी को बहुत ही अच्छी लगी, वह कितनी ही देर बकरी की ओर देखती रही—पतली-पतली टांगों से वह ऊंची से ऊंची टहनी को नीचे करने का प्रयत्न कर रही थी—ऊपर के पत्तों को मुंह मारती, फिर साथ की टहनी की ओर झुकती—जाती, जागती, उछलती, पेट भरती—फिर दूर कहीं से 'मैं-ऐं-ऐं' की आवाज़ आई। बकरी तनकर खड़ी हो गई। उसने पत्ते खाने छोड़ दिए। फिर उसने आवाज़ की सीध लगाई और उसी दिशा को भाग गई।

शीत की झुनझुनी जिस प्रकार कभी-कभी शरीर में एक लकीर की तरह फिर जाती है, एक विचार कम्मी के दिल में से गुज़रा। पहले तो जैसे वह विचार पकड़ में न आया। फिर जैसे भागकर दूर जाते विचार की शक्ल पहचानी जाए—कम्मी ने सोचा, 'कभी-कभी मेरे हाथ एक अस्तित्व को तलाश करने लग पड़ते हैं। पता नहीं—किसका अस्तित्व, पर एक मर्द का अस्तित्व...' कम्मी ने अपनी कमीज़ के साथ लगे हुए, अड़े हुए गीले पत्ते उतारे, जाने वह इस विचार को भी हाथ के साथ झाड़ देना चाहती हो। कैसी

हंसती, खेलती और तृप्त हो रही बकरी थी, परन्तु उसे दूर कहीं से आवाज़ आई—हाड़-मांस की आवाज़—उसका खेल खड़ा हो गया, उसके मुंह से पत्ते छूट गए और वह उस बुलावे की ओर भाग गई—यह कोई आन्तरिक हुक—यह क्या चीज़ होती है?

फिर कम्मी ने महसूस किया यह हुक एक पहेली थी, उससे हल नहीं हो रही थी। उसने सोचना छोड़ दिया। और हाथ में ली हुई पुस्तक पढ़ने लग पड़ी।

5

एक दिन कम्मी ने एक लम्बी कविता पढ़ी—'देशनिकाला'। एक कवि अपने देश के लोगों के दुःख और सुख का प्रतीक बन जाता है, लोग अपने शरीरों पर कष्ट सहन करते हैं, परन्तु बोल नहीं सकते। वह कवि अपनी लेखनी उनके निमित्त लगा देता है। समय के शासन को कवि की यह गुस्ताखी पसन्द नहीं आती, वह कवि को 'देशनिकाला' दे देता है। कवि आगे-आगे जाता है, शासन की पकड़ उसके पीछे-पीछे जाती है। लोग, जिनको कवि ने कभी नहीं देखा था, अपने घरों के दरवाज़े उस कवि के लिए खोल देते हैं। जिधर वह जाता है, शासन उसके सुराग सूंघता रहता है। परन्तु लोग कवि को अपने दिलों का आश्रय दिए जाते हैं। शहर-शहर, जंगल-जंगल वह कवि नित्य नये-नये घरों में जाता है; वे चेहरे, जो उसने कभी नहीं देखे थे, उसका स्वागत करते हैं।

उस कविता में वह कवि एक स्थान पर कहता है, 'मैं कहां हूं? ये लोग कौन हैं? ये आज क्यों मेरी रक्षा करते हैं? ये जिन्होंने मुझे आगे कभी नहीं देखा, अपने दरवाज़े खोलकर मेरे गीतों को ढंकते फिरते हैं।'

उस कवि के पास गीत थे, परन्तु कम्मी के पास कोई गीत नहीं था। फिर भी उसे महसूस हुआ, वह देश से जलावतन थी। क्यों थी? यह उसको पता नहीं। पर जिस तरह का जीवन एक औरत व्यतीत करती है—घर का

जीवन, पति का जीवन, बच्चों का जीवन, उसे उस जीवन से देशनिकाला मिला हुआ है। यह मां, कालेज में दाखिल होने से पूर्व जिसको उसने देखा भी नहीं था, उसकी रक्षा करती फिरती है।

इतवार को कम्मी और स्कूल-स्टाफ की बाकी अध्यापिकाएं मिलकर नदी पर जाया करती थीं। सप्ताह के शेष दिनों में तो प्रातः ही तैयार होकर स्कूल जाने की जल्दी होती थी। नदी पर जाने का समय नहीं होता था। अकेली कम्मी कभी सप्ताह के बाकी दिनों में भी चक्कर लगा लिया करती थी।

पौ फटनेवाली थी। कम्मी ने एक बड़े रूखे पत्थर पर अपना तौलिया रखा। पानी की छोटी-छोटी छींटें उड़कर कम्मी की टांगों पर पड़ीं। शीत की एक लहर उसके कंधों में से निकली। आज हवा कुछ तीखी थी। कम्मी ने एक सूखा पत्थर अपने तौलिये के ऊपर रखा, आसपास देखा। एक ओर ऊंचे-नीचे खेत, एक ओर छोटी-सी पहाड़ी। दूर पहाड़ी घरों की पीठें थीं। सारा मौन वातावरण नदी के पानी से धड़क रहा था। आज कम्मी का मन भी आगे से अधिक धड़क रहा था। कम्मी को कभी-कभी अपने दिल की इतनी धड़कन से डर-सा लगता था। उसने जल्दी से कमीज़ उतारी। तौलिये से पत्थर उठाया। कमीज़ रखी। फिर ऊपर पत्थर रख दिया—फिर उसने जल्दी से सलवार उतारी—तह लगाकर उसने वह भी पत्थर के नीचे रख दी। बनियान-जांघिये से ढके उसके शरीर को सर्दी की एक झुनझुनी आई—और फिर वह जल्दी से पानी में प्रवेश कर गई।

शरीर पर पानी के स्पर्श से पहले एक गुलाबी रंग फिरा, फिर स्लेटी-सा। सारा शरीर कुछ देर सर्दी से कांपा, फिर वह कम्पन कहीं चलते पानी में ही बह गया। शरीर सुन्न हो गया। अब दिल की धड़कन भी उस तरह नहीं थी। 'या शायद,' कम्मी ने सोचा, 'नदी की धड़कन इतनी ऊंची है कि दिल की धड़कन सुनाई नहीं देती....' कम्मी अडिग-शांत पानी में लेटी रही। नदी का पानी बहुत कम गहरा था।

पानी कम्मी के शरीर के साथ स्पर्श करता और आगे चला जाता। 'समय भी इसी तरह चलता जाता है—नदी के पानी की तरह—कितने दिन, कितने महीने, कितने बरस गुज़र गए हैं—मैं जैसे वक्त के इस पानी में निरन्तर नहा रही हूं...' कम्मी को विचार आया और इतनी निरन्तरता कम्मी को कुछ स्वाभाविक नहीं प्रतीत हुई। उसे लगा, उसके भीतर कुछ सुन्न हो गया था। सोए हुए मांस पर जैसे कोई चिकोटी काटकर देखता है, कम्मी ने अतीत को सोचा, 'विवाह एक गुड्डे-गुड़िया के खेल की तरह...' उसने पाल के चेहरे को एक बार याद करना चाहा, परन्तु उसकी पहचान ही जैसे कम्मी को भूल गई थी, आंखों के आगे कुछ न आया। कम्मी

ने एक नफरत का सहारा लेना चाहा, परन्तु इन सारे ख्यालों में नफरत का कोई आसरा भी कम्मी को कहीं न दिखाई दिया। कम्मी ने शील के मृतप्राय चेहरे को याद करना चाहा—फिर लाल कपड़े में लिपटी हुई हैरान-परेशान शील—फिर उन दो कमरों के क्वार्टर में एक बालक से खेलती हुई शील—कम्मी की आंखों के आगे कोई जानी-पहचानी वस्तु नहीं आई।—हारकर उसने अपने पिता की मौत की घटना को सोचा—कोई आंसू, कोई टीस उसे अपने भीतर न मिली। 'अब मेरा शरीर—मेरा दिल—जाने सुन्न हो गया है। कोई कम्पन नहीं—कोई जल्दी नहीं...' कम्मी ने आंखें बन्द कीं, आंखें खोलीं—सामने ऊंचे पहाड़ पर उगे वृक्षों की शाखाओं के अन्तर में से प्रातःकाल का प्रकाश बहने लग गया था।

कम्मी ने अपनी आंखों पर पानी के छींटे मारे और नदी में से बाहर निकली। पहले एक पत्थर पर खड़ी हुई। बांहों पर से, छाती पर से, टांगों पर से, उसने हाथों पर से पानी निचोड़ा, फिर बाहर बड़े सूखे पत्थर पर पड़े हुए अपने कपड़ों के नीचे से अपना तौलिया निकाला—अच्छी तरह शरीर को पोंछा—और तौलिया लपेटकर अपने शरीर पर से गीले कपड़े उतारे। एक बार पुनः तौलिये से उसने शरीर सुखाया और सूखे कपड़े पहन लिए।

'क्या इस वक्त की नदी में से भी किनारे पर जाना पड़ेगा?—गले में कोई और कपड़ा......पैरों के नीचे कोई और धरती?'... कम्मी कुछ हैरान-सी एक सूखे पत्थर पर बैठ गई। प्रातः की पहली धूप उसको अपने मुंह पर बड़ी अच्छी लगी।

2

दोपहरी ढलने लग गई थी। कम्मी स्कूल से फारिग होकर मां की काटेज की ओर जा रही थी। बाहर की पक्की सड़क पर उसने एक 'डांडी' देखी।

डांडी मज़दूर सड़क पर खड़ी कम्मी के पास पहुंचे, शायद कम्मी का नाम नहीं जानते थे। पर कम्मी को पहचानते ज़रूर थे। "बीबी, स्टेशन मास्टर ने यह चिट्ठी दी है।" मज़दूरों ने कहा।

कम्मी ने पढ़ी। चिट्ठी प्रिंसिपल के नाम थी। लिखा था, "सुमेश एक अच्छा पत्रकार है, मेरी जान-पहचान का व्यक्ति है। कुल्लू घाटी की सैर को जा रहा था। रास्ते में अचानक बीमार हो गया है। वह सफर के काबिल नहीं था। मैंने इसे यहीं स्टेशन पर उतार लिया है। इसे डाक्टरी सहायता जितनी जल्दी हो सके दीजिएगा। मेहरबानी!"

स्कूल के डाक्टर पर चाहे स्कूल के बच्चों की ही ज़िम्मेदारी थी, परन्तु समय-कुसमय इस गांववाले, साथ लगते दूसरे गांवोंवाले भी उससे सहायता लेने आ जाते थे। डाक्टर ने अपने क्वार्टर में एक कमरा बाहर से आनेवाले मरीज़ों के लिए बनाया हुआ था। वैसे उसे बाहर के मरीज़ों के लिए स्कूल की प्रिंसिपल से अनुमति प्राप्त करनी पड़ती थी, क्योंकि वह पूरे समय के लिए स्कूल की सर्विस में था।

कम्मी ने चिट्ठी पढ़ी। डांडी में पड़े हुए मरीज़ को देखो। सुमेश तीस-एक वर्ष का होगा। उसके चेहरे पर दर्द की थकावट भी थी, और दर्द को सहन करती एक मुस्कराहट भी थी। उसके बाल बिखरकर उसके चौड़े सफेद माथे पर पड़े हुए थे। उनपर रास्ते की एक पतली धूल थी। उसकी मोटी आंखें दर्द से कुछ सिमटी हुई थीं। परन्तु उनकी चमक पर कोई परछाईं नहीं थी। उसने अपने होंठों पर एक बार ज़बान फेरी—प्यास और बुखार की तेज़ी से उसके होंठ सूख गए थे।

"बुखार..." कम्मी ने आहिस्ता से पूछा। मज़दूरों ने कुछ सांस लेने के लिए डांडी अपने कंधों से उतारकर नीचे रख दी हुई थी।

"मेरा पैर...कुछ दिन हुए एक कील चुभ गया था। परन्तु आते समय कोई खास दर्द नहीं था। गाड़ी में अचानक पैर सूज गया। पठानकोट पहुंचने तक दर्द बहुत बढ़ गया। मुझे चाहिए था कि मैं वहीं ठहर जाता, परन्तु लापरवाही-सी हो गई। मैं आगे छोटी गाड़ी में बैठ गया। दर्द बढ़ता गया, सूजन भी बड़ी बढ़ गई। उसके साथ शायद बुखार भी हो

गया है। इस स्टेशन पर स्टेशन मास्टर मेरी जान-पहचान का निकल आया, उसने मुझे आगे नहीं जाने दिया।—यहां डाक्टर...शायद मुझे सैप्टिक..."

"आप यहां खड़े न होइए—वह सामने डाक्टर का क्वार्टर है, आप वहां चलिए, मैं यह चिट्ठी प्रिंसिपल को दे आऊं..." कम्मी ने मज़दूरों से कहा।

3

तीसरे दिन तक सुमेश का बुखार कम हो गया। पैर की सोज अभी तक कम नहीं थी, परन्तु उसकी लाली कुछ कम हो गई थी। पहले दो दिन डाक्टर को घबराहट रही थी, "यह विष बढ़ता-बढ़ता टांग में न फैल जाए!" परन्तु आज तीसरे दिन उसे महसूस हुआ कि चाहे अभी तक वह कष्ट को बहुत कम नहीं कर सका, पर उसने उसे पकड़ ज़रूर लिया है। अब उसको खतरा कोई नहीं था। वैसे एक बार स्प्रिट के साथ हाथ धोकर इंजेक्शन लगाते समय उसने सुमेश को कहा, "आप पठानकोट में ही यदि डाक्टरी सहायता लेते तो अच्छा था। आगे की यात्रा करके आपने एक खतरा मोल लिया था।"

"हां, ठीक है, पर एक तरह यह खतरा मोल लेना अच्छा ही रहा।" और सुमेश ने आंखों में पता नहीं क्या भरकर कम्मी की ओर देखा।

कम्मी के चेहरे पर से एक लाली गुज़र गई। पास खड़ी मां बेमालूम-सी मुस्कराई।

4

रात को प्रायः सोने से पूर्व अथवा शाम की सैर के समय कम्मी दिन में पढ़ी हुई किसी किताब में से मां को कुछ पंक्तियां सुनाया करती थी।

आज कम्मी ने किसी किताब की बात न की। मां ने एक बार पूछा, दो बार पूछा। और फिर कम्मी ने कहा :

"आज मैं एक फ्रैंच नर्तकी का जीवन पढ़ रही थी। अपनी योग्यता और सुन्दरता के ज़ोर से वह सारे यूरोप पर छाई हुई थी।" कम्मी ने अचानक मां के मुंह की ओर देखा, "क्या मुहब्बत के पैरों के नीचे कारण की कोई ज़मीन नहीं होती?" फिर मां के उत्तर की प्रतीक्षा करने से पहले ही वह कहने लगी :

"बेपनाह दौलत और असीम ताकत उसके एक इशारे से एकत्र हो जाती थी। पर उसे एक राहचलता व्यक्ति अच्छा लगने लग पड़ा। उसे पैसे की आवश्यकता नहीं थी, पर उसने उसको बड़ी खर्चीली फरमाइशें डालीं, ताकि हारकर वह उसका शहर छोड़ जाए। वैसे वह सोचती कि वह कहीं चला जाए, परन्तु यदि उसे किसी औरत से बात करते देख लेती तो बावरी-सी हो जाती। उसे गालियां तक निकालने लग जाती। आप फर्श के ऊपर लेट-लेटकर रोती। फिर वह अपने-आपसे पराजित हो गई। एक दिन उसे कहने लगी, 'मैं सारी आयु केवल एक ही बात से डरती रही हूं कि मैं कभी किसीको मुहब्बत न करूं। यह मुहब्बत औरत को केवल एक दर्द देती है, और कुछ नहीं!' और मैं अपने-आपको दर्द से बचाना चाहती थी..."

कम्मी ने कहानी को यहां ही तोड़ दिया।

मां ने कहा कुछ नहीं, पूछा कुछ नहीं, केवल कम्मी का हाथ अपने हाथ में लेकर दबा दिया।

5

सुमेश का बुखार बिलकुल उतर गया था। पैर की सूजन भी बहुत कम हो गई थी। परन्तु अभी बिस्तर पर बैठे-बैठे एक-दो घंटे काम करने के लिए उसने डाक्टर से पूछा, "मैंने कुल्लू घाटी पर लेख लिखने थे—उन लोगों के रहन-सहन, रीति-रिवाज, लोकगीत, लोकनाच इत्यादि पर।" और

सुमेश ने दीवार के साथ टंगे हुए अपने कैमरे की ओर देखकर डाक्टर से कहा, "पता नहीं अगले सफर के लिए मुझे और कितने दिन प्रतीक्षा करनी पड़ेगी—मेरे पास कुछ अनुवाद का कार्य है। सरकार की पुस्तकें। —मैं एक-दो घंटे यह काम कर लिया करूं?"

"एक-दो दिन और ठहर जाइए। बैठने से भी पांव पर भार पड़ेगा।..." डाक्टर ने कहा।

सुमेश ने लेटे-लेटे पढ़ने के लिए प्रिंसिपल से कुछ किताबें मांगी।

"आप चाहे रोज़ की एक किताब खतम करें, इसके पास बहुत किताबें हैं, इतनी कि आपसे कई महीने न खतम हो सकें..." प्रिंसिपल ने कम्मी की ओर हाथ करके कहा।

पहले तीन-चार दिन प्रिंसिपल और कम्मी दिन में दो बार सुमेश का हाल पूछने आती थीं। फिर दो-तीन दिन कम्मी जैसे सुमेश के कमरे में आने से संकोच करने लगी। किसी समय कोई काम निकाल लेती और किसी समय कोई बहाना कर लेती। प्रिंसिपल अकेली आ जाती।

"फ्रैंच नर्तकी के तत्त्वज्ञान को शायद मेरी कम्मी भी ठीक समझने लग पड़ी है..." आज प्रिंसिपल ने हंसकर कम्मी को कहा था। कम्मी को यह मानने से इन्कारी थी। इसलिए इसका सबूत देने के लिए आज वह प्रिंसिपल के साथ सुमेश का हाल पूछने के लिए आ गई थी।

"हां, जिस तरह की किताबें आपको पसन्द हों मैं भेज दूंगी।" कम्मी ने सुमेश को कहा। और फिर कितनी ही किताबों के नाम लिए, "जो किताब इनमें न पढ़ी हों..." कम्मी ने पूछा।

अगले दिन, फिर उससे अगले दिन सुमेश ने किताबें पढ़ते हुए उन पंक्तियों को बड़े गौर से पढ़ा, जिन पंक्तियों पर कि कम्मी ने पेंसिल से निशान किए हुए थे। किताबों की कहानियों से कहीं अधिक वह निशान लगानेवाली की कहानी पढ़ रहा था....

"वह अपने लन्दन के सफर से जो कुछ लाया था, वह एक सबक था, एक घाव था।"

"मैं तुम्हें मज़ा देती हूं, परन्तु खुशी नहीं। यह बुरा है।"

"उसे यह महसूस हुआ, वह उसकी ज़िन्दगी से हमेशा के लिए चली गई है। वह गुस्से नहीं था, उदास नहीं था। केवल थका हुआ था, अनन्त का थका हुआ। और उसे लगा कि उसके भीतर कुछ मर गया था। यह मरनेवाली वस्तु शायद उसकी जवानी थी।"

"ये दुःख देनेवाली यादें, जो हम सारी आयु अपने साथ उठाए फिरते हैं, परन्तु कभी उनकी बात नहीं करते!"

"मुहब्बत उस फूल की तरह होती है, जिसके ऊपर के हिस्से में मिठास होती है, नीचे के हिस्से में कड़वाहट।"

"मुहब्बत—एक मासूम, निर्दोष आश्चर्य, पागलपन!"

"हर व्यतीत हो रहे दिन में से वह ज्ञान की एक अथवा दो बूंदें निचोड़ लेता था।"

"शरीर की मशीन चलती रहती है, दिल धक्-धक् करता रहता है, फेफड़े हवा खींचते रहते हैं, नाखून और बाल उगते रहते हैं, तब भी जब कि हम भीतर से मर चुके हैं।"

...सुमेश के हाथ से किताब गिर पड़ी। उसे ऐसा लगा कि उसने कम्मी को पढ़ लिया था। सारा नहीं तो 'कुछ' तो ज़रूर पढ़ लिया था।

उस दिन डाक्टर से बातें करते हुए सुमेश ने उस 'कुछ' के इर्द-गिर्द घूमनेवाली कम्मी की ज़िन्दगी के हादसे भी जान लिए।

"यह लड़की कम्मी बड़ी गम्भीर और सयानी मालूम देती है।" सुमेश ने मेज़ पर पड़ी हुई किताबों की ओर इशारा करके डाक्टर से कहा।

"हां, बहुत सयानी, बहुत अच्छी!"

"पर यह सयानापन—यह अच्छाई..." सुमेश कुछ रुका फिर कहने लगा, "मेरा विचार है कि कोई भी सयानापन, कोई भी अच्छाई—बहुत-से दुःखों को झेले बिना नहीं आती।"

डाक्टर ने सुमेश को कमल के विवाह की और फिर अपने हाथों पाल

के साथ शील का विवाह करवा देनेवाली बात सुनाकर कहा, "यह उसकी दिलेरी—अचम्भे की सीमा तक एक दिलेरी है! क्या नहीं?"

सुमेश सुनता रह गया—फिर उसे ख्याल आया, 'सारी सामाजिक व्यवस्था जैसे एक सीधी-सादी लकड़ी की तरह थी। और कमल ने एक कारीगर की तरह उसको छील-तराशकर उसमें से अपनी मर्ज़ी का एक कानून घड़ लिया था।' डाक्टर सुमेश को कुछ देर बाहर बरामदे में, धूप में बैठने के लिए कहकर चला गया।

सुमेश ने कागज़-कलम उठाई। एक छोटा-सा खत लिखा—केवल यही—सामाजिक व्यवस्था की सीधी लकड़ी में से एक कारीगर की तरह अपनी मर्ज़ी का कानून घड़नेवाली बात। और एक पंक्ति और—"इस दिलेरी को मेरा प्रणाम!"

नौकर के हाथ सुमेश ने कम्मी को किताबें वापस भेजीं। किताबों में वह छोटा-सा खत भी रख दिया और ज़बानी उसको कहा कि वह कुछ और किताबें ले आए।

6

रात को सुमेश का पैर सूज गया। उसे पता था कि गलती उसकी अपनी थी। दोपहर को बरामदे में बैठा हुआ सुमेश बाहर के बगीचे में कितनी ही देर टहलता रहा था। उसके पैरों में सिर्फ पतले स्लीपर थे। ज़मीन गीली थी। सर्दी उसके पांव को चढ़ गई थी।

डाक्टर के गुस्से को उसने किसी तरह ठंडा किया, परन्तु उसे पैर की चिन्ता के साथ-साथ एक और चिन्ता भी लग गई। अनुवाद का कुछ काम उसे बहुत जल्दी समाप्त करना था। और अब बिस्तर में बैठकर काम करने का अवसर भी उसने स्वयं खो दिया था।

"यदि किसी तरह आप मेरी मदद करें!" उसने प्रातः प्रिंसिपल की मिन्नत की, "मैं बोलता जाऊंगा, कोई मेरे पास बैठकर लिखता जाए।"

प्रिंसिपल ने कम्मी तथा स्टाफ की अन्य अध्यापिकाओं को कहा कि वे बारी-बारी हर रोज़ एक-एक घंटा सुमेश की सहायता कर दें।

जब सुमेश के बोलने की और कम्मी के लिखने की बारी आती—चाहे वे काम के बिना और कोई बात नहीं करते थे—परन्तु बीमार चेहरे पर एक गुलाबी रंग अवश्य फिर जाता था।

7

कम्मी ने अभी कागज़-कलम पकड़े ही थे, सुमेश एक तकनीकी शब्द के लिए डिक्शनरी देख रहा था—तभी इतनी तेज़ हवा चली, लगता था अभी एक तूफान आनेवाला है।

सुमेश के शरीर पर केवल एक चादर थी। कम्मी ने उसके पैरों को गर्म करने के लिए एक कम्बल भी ऊपर डाल दिया।

हवा से बचने के लिए कमरे के खुले दरवाज़े को बन्द कर दिया। हवा तेज़ी से आंधी में बदलती जा रही थी। दिन चाहे अभी डूबा नहीं था, परन्तु दिन का सारा प्रकाश मटमैला हो गया था। कमरे में लैम्प जल रहा था।

फिर तेज़ वर्षा होने लगी। आश्विन का महीना जैसे कुछ मिनटों में ही पौष अथवा मार्गशीर्ष बन गया। कम्मी ने सुमेश के सूटकेस में से उसका स्वेटर निकाल दिया।

"वहां एक और भी स्वेटर है, काला, पूरी बांहोंवाला।"

कम्मी ने स्वेटर निकाला। सुमेश ने वह स्वेटर फिर से कम्मी को देते हुए कहा, 'यह आप पहन लें।"

"मैं?..." कम्मी ने स्वेटर मेज़ पर रख दिया, "नहीं, मुझे ज़रूरत नहीं।"

खिड़की में से आ रही हवा शरीर को चीर रही थी। सुमेश को पता था कि कम्मी ने गलत कहा था। कम्मी को भी पता था कि उसने गलत कहा था। सर्दी से उसकी बांहें नीली होती जा रही थीं।

सुमेश ने बांह लम्बी करके मेज़ पर से स्वेटर उठाया। फिर कम्मी की ओर बढ़ाया, "इसे पहन लें-नहीं तो मैं पैरों पर से कम्बल उतारकर पैर को सर्दी लगवा लूंगा!"

सुमेश के इस डरावे पर स्वयं सुमेश को भी हंसी आ गई और कम्मी को भी। कम्मी ने स्वेटर पहन लिया।

हवा के तेज़ झोंकों के कारण लैम्प की बत्ती धप-धप कर रही थी। फिर खिड़की से पानी की फुहार और तेज़ हवा अन्दर आने लगी।

कम्मी के बाल उसके माथे पर बिखर गए। लैम्प की बत्ती बुझ गई।

कम्मी ने भागकर खिड़की बन्द कर दी। कमरे में और भी अंधेरा हो गया। सुमेश ने तकिये के नीचे हाथ मारकर सिगरेटमाचिस ढूंढ़ी और फिर उसने माचिस की एक तीली जलाई।

कम्मी बुझे हुए लैम्प को फिर से जलाना चाहती थी। उसने माचिस लेने के लिए सुमेश के तकिये की ओर हाथ बढ़ाया।

गहरा काला स्वेटर। माथे पर गहरे काले बालों की लटें, कमरे के गहरे काले अंधेरे में एक तीली की हलकी-सी रोशनी—सुमेश को कम्मी का चेहरा इस तरह लगा जैसे एक लैम्प जल रहा हो।

फिर हाथ की तीली बुझ गई। सुमेश ने एक और तीली जलाई। उसे लगा कि उसके हाथ कांप रहे हैं।

इस दूसरी तीली की रोशनी में कम्मी ने लैम्प जला लिया। अडिग दूर कुर्सी पर बैठ गई और हाथ में कागज़ पकड़ती हुई बोली, "लिखाइए।"

सुमेश बोला नहीं। कम्मी ने उसकी ओर देखा। सुमेश की आंखों को जाने कोई किताब नहीं दिखाई दे रही थी। केवल कम्मी का चेहरा ही दिखाई दे रहा था।

यह मौन आकाश जैसा विस्तृत था, परन्तु इस आकाश में जैसे एक तूफान भरा हुआ था, भारी वर्षा भरी हुई थी।

"कम्मी!" सुमेश के होंठ कांपे।

आवाज़ ने कम्मी के सारे शरीर को स्पर्श किया। इसलिए कम्मी ने

अपना ध्यान नीचे ही डाले रखा। उसने सुमेश की ओर देखा नहीं। उसे लगता था कि उसकी आंखों से इस स्पर्श का सबूत मिल जाएगा।

सुमेश सोचता था जैसे उसकी आवाज़ एक दीवार के साथ टकराकर फिर उसके पास ही वापस आ गई थी। "गलती एक मर्द की थी कम्मी! परन्तु तुम इसकी सज़ा दुनिया के सभी मर्दों को दोगी?" यह पहली बार थी, जब सुमेश ने कम्मी को 'तुम' कहकर बुलाया।

"मेरे तजरुबे की यदि कोई सज़ा है, तो वह केवल मुझे है, और किसीको नहीं।" कम्मी ने आहिस्ता से कहा।

"फिर मुझे ऐसा क्यों लगता है कि यह सज़ा मुझे मिल रही है?" समेश ने जल्दी से कहा।

कम्मी के पास इस कठिन सवाल का कोई जवाब नहीं था। दरवाज़ा खटका। कम्मी ने उठकर दरवाज़ा खोला। डाक्टर के आ जाने से कम्मी जवाब देने की कठिनाई से बच गई। सवाल वहीं का वहीं खड़ा रहा।

"बाहर भारी तूफान आ रहा है।" डाक्टर ने कहा, वह सिर से पांव तक वर्षा में भीगा हुआ था।

सुमेश के होंठों पर एक हल्की-सी मुस्कराहट आई। एक बार उसने कम्मी की ओर देखा। कम्मी को महसूस हुआ, सुमेश के भीतर एक तूफान था, आंखों की खुली खिड़की में से वह तूफान अन्दर आ रहा था, कम्मी के कमरे में, कम्मी के मन में। वह सिर से पांव तक कांप उठी।

"मैं कपड़े बदल लूं।" डाक्टर ने कहा, और फिर कम्मी की ओर देखा—"कमल, आप थोड़ा कष्ट करो, कॉफी बना दो..."

"अभी पांच मिनट में।" कम्मी ने कहा और रसोई की भोर चली गई।

8

प्रातः चाय का प्याला मां को देते हुए, कम्मी मां के बिस्तर में बैठ गई, फिर लेट गई। मां ने चाय पी। खाली प्याला पास पड़े हुए मेज़ पर रखा और

फिर कम्मी का सिर तकिये से उठाया। तकिया कम्मी के आंसुओं से भीगा हुआ था।

"कम्मी!" मां ने रूमाल के साथ कम्मी का मुंह पोंछा और फिर आंखों में सवाल भरकर कम्मी की ओर देखा।

"मुझे डर लगता है मां बहुत डर लगता है!" कम्मी ने फिर तकिये पर मुंह उलटा कर लिया।

"सुमेश ने कुछ कहा है?" मां कम्मी के साथ ही बिस्तर में लेट गई।

"बाहर से कोई कुछ नहीं कह सकता मां!—मुझे जब भी कोई डर लगता है, अपने अन्दर से ही लगता है..." कम्मी ने एक उच्छ्वास लिया, फिर कहा, "मैंने समझा था, मेरे अन्दर कुछ नहीं, किसी मर्द के लिए कुछ नहीं।—पर इस अपने अन्दर का भी पता नहीं होता!"

"सुमेश को पालवाली बात का पता है?" मां ने तनिक ठहरकर पूछा।

"हां पता है। शायद उसने डाक्टर से सुना है।"

"कुछ कहता था?"

"उसने मुझे एक छोटा-सा पत्र लिखा था कि समाज की व्यवस्था एक सीधी-पधरी लकड़ी की तरह थी, तुमने एक कारीगर की तरह उस लकड़ी को छील-तराशकर अपनी मर्ज़ी का कानून घड़ लिया—इस तेरी दिलेरी को मेरा प्रणाम!"

"खत बहुत सुन्दर है पर..." मां चुप हो गई। फिर कहने लगी, "दूर से प्रणाम कर लेना आसान होता है, पर उन कठिनाइयों का साथ देना और बात होती है।" मां फिर चुप हो गई। ठहरकर कहने लगी, "कानूनन अभी तक तुम्हें पाल से तलाक भी तो नहीं मिला।"

कम्मी ने न विवाह की बात को सोचा, न तलाक की बात को। वह केवल अपने मन को टटोल रही थी। कहने लगी, "कल उसने मुझे अपना स्वेटर पहनने को दिया। रात सोते हुए मैं वह स्वेटर उतारने लगी। फिर वह स्वेटर मुझसे उतारा ना गया। मैं सारी रात वह स्वेटर पहने सोती रही। अब प्रात: मैंने किसीके हाथ वह वापस भेज दिया है, परन्तु..." कम्मी चुप हो

गई। मां ने उसकी न कही हुई बात भी सुन ली, 'पर मुझे लगता है जैसे वह स्वेटर अभी भी मेरे गले में पड़ा हुआ है!'

कुछ देर बाद कम्मी मां के बिस्तरे से उठी। तैयार होने और स्कूल जाने का समय हो गया था।

बाहर सड़क पर खड़ी हो कम्मी ने चारों ओर देखा—होनी का रथ अभी दिखाई नहीं देता था, परन्तु उसके पहियों की खड़क उसके कानों में पड़ने लग गई थी।

9

कम्मी अपने कमरे में गई। अलमारी खोलकर स्कूल जाने के लिए कपड़े निकाले और फिर गुसलखाने में चली गई।

अभी कंघी ही कर रही थी, दरवाज़ा खटका। जिस नौकर के हाथों कम्मी ने सुमेश का स्वेटर वापस भेजा था, वही नौकर सुमेश का खत लेकर आया था।

नौकर चला गया। कम्मी ने खत पढ़ा, लिखा हुआ था :

"मेरी सब कुछ,
कल से पहले यह स्वेटर एक साधारण स्वेटर था।
आज से यह मेरे लिए पवित्र बन गया है।
न मैं इसको कभी धोऊंगा, न पहनूंगा!
इसमें तेरी एक खुशबू है, तेरा एक एहसान!
संभाल-संभाल रखूंगा!
—मैं, जो तेरा कुछ भी नहीं!"

कम्मी को लगा, यह खत नहीं था, एक कविता थी। अनादि मर्द की अनादि औरत के लिए लिखी कविता। और फिर उसे महसूस हुआ, उसका सब कुछ उसके अर्पण होता जाता था—जिसने लिखा था—"मैं, जो तेरा कुछ भी नहीं।"

10

यह वर्षा से भीगा हुआ मौसम सुमेश के पैर के लिए अच्छा नहीं था। किसी दिन सूजन उतर जाती, किसी दिन फिर हो जाती। डाक्टर ने सलाह दी कि वह वापस चला जाए। सूखे मौसम में उसका पैर अपने-आप ठीक हो जाएगा। रास्ते के लिए उसने कुछ दवाइयां दे दीं।

कम्मी सुमेश के बिखरे हुए कपड़े उसके सूटकेस में संभाल रही थी।

"बस, चला जाऊं?" कम्मी के पीछे खड़े हुए सुमेश ने झुककर कम्मी के कंधों पर हाथ रखे।

कम्मी चौंककर खड़ी हो गई। सुमेश के हाथ उसने आहिस्ता से कन्धों से हटा दिए।

सामने खड़ी कम्मी को सुमेश ने एक मिनट देखा और फिर खींचकर गले से लगा लिया।

"नहीं, सुमे..." ये शब्द कम्मी के होंठों पर आए, और फिर वहीं खड़े हो गए। जैसे किसीकी आंखों में से दो आंसू आएं और फिर आंखों में ही अटक जाएं।

सुमेश चला गया। परन्तु उसे महसूस हुआ, उसका कितना कुछ पीछे कम्मी के पास रह गया था। कम्मी वहीं रही, परन्तु उसे लगा, उसका कितना कुछ सुमेश के साथ चला गया था।

11

मियादी बुखार के बाद जैसे कोई व्यक्ति ज़मीन पर चलता है तो उसे लगता है, ज़मीन उसके पांवों के नीचे से हिल रही है। कम्मी स्कूल जाती, शाम को खेतों की मेड़ पर चलती, रात को मां के पास बैठकर कोई किताब पढ़ती, परं उसे महसूस होता कि ज़मीन उसके पैरों के नीचे हिल रही है।

चौथे दिन सुमेश का खत आया—"मैं यहां आ गया हूं दिल्ली। परन्तु

अपनी नज़र वहीं छोड़ आया हूं—तुम्हारे पास, कम्मी! और अब मुझे यहां दिखता कुछ नहीं। एक नज़र मुझे भेज दो।"

कम्मी ने हंसना चाहा, परन्तु हंस न सकी। रोना चाहा, पर रो न सकी। उसने एक कागज़ सामने रखा। उसकी कलम कांप रही थी। कुछ शब्द लिखे, फिर पढ़े। उसे महसूस हुआ, उसके शब्द भी कांप रहे थे—"बदकिस्मती को बुलावा न दो सुमेश! वह जहां है, उसे वहीं रहने दो!"

सुमेश का उत्तर आया :

"बदकिस्मती तो बिना बुलाए आ जाती है कम्मी! तू तो बुलाने पर भी नहीं आती, इसलिए तुम बदकिस्मती नहीं हो। तुम ज़रूर खुशकिस्मती हो! खुशकिस्मती को आदत होती है, मिन्नत करवाने की।"

कम्मी ने उत्तर दिया—"मेरे ईमान! नसीबों का माथा जब एक बार घायल हो जाता है, तो उसके घाव चाहे मिल जाएं परन्तु उनका निशान कभी नहीं मिटता। मेरे पैरों पर अतीत की तलखियां हैं। इन पैरों के साथ मैं कौन-सी राह पर चल सकती हूं!"

सुमेश का खत आया—"यदि तुम मेरी दुनिया में नहीं आ सकती कम्मी, तो मुझे अपनी दुनिया में आने की अनुमति दे दो। कोई भी राह होगी, मैं चला आऊंगा। केवल मुझे एक आवाज़ दे दो।"

आवाज़ कम्मी के भीतर से उठी, परन्तु गले में अटक गई। कम्मी ने खत लिखा—"मेरी मंज़िल; मैं किस अधिकार से तुम्हें आवाज़ दूं। दुनिया के कानून ने मेरे पास कोई अधिकार नहीं छोड़ा।"

वापसी डाक से सुमेश का खत आया—"कम्मी, मुझे अपने जीवन के कागज़ पर कानून की कोई मोहर नहीं चाहिए। मुझे दिल चाहिए। कानून के दस्तखत नहीं चाहिए।"

दिल पहले ही कम्मी के कहने से बाहर था। कम्मी सारे खत मां को पढ़ा दिया करती थी। यह खत भी उसने उसे पढ़ा दिया—अभी कम्मी ने इस खत का उत्तर नहीं दिया था। सुमेश का खत आया कि उसके पैरों की तकलीफ बहुत बढ़ गई है। वह अकेला चारपाई पर पड़ा हुआ है।

मां को गांव से बुला सकता था, पर उसने नहीं बुलाया। और उसने लिखा था—"मुझे पता है, तुम मेरे पास नहीं आओगी। मैं इसी तकलीफ में सफर कर लूंगा। मुझे अनुमति दे दो कि मैं तुम्हारे पास आ जाऊं। इस दुःख में मैं केवल तुम्हारा साथ चाहता हूं।"

कम्मी का रोना निकल गया। सारा धीरज उसके आंसुओं में बह गया। उसने मां से पूछा और फिर सुमेश को तार दे दी, "मैं आ रही हूं।"

12

मां को जाना ही था। स्टाफ की लड़कियां भी कम्मी को स्टेशन पर छोड़ने गईं।

"पैर का बहाना अच्छा निकाला है, उसने बुलाने के लिए!" एक लड़की ने कम्मी की बांह पर चुटकी ली।

"दूर बैठे हुए ने हमारे गांव में डाका डाल लिया है।" दूसरी खिलखिलाकर हंस पड़ी।

गाड़ी में बैठती कम्मी को एक लड़की ने गुलाब के बहुत-से फूल पकड़ाए और कहा, "उसे कहना, भलामानस बनकर हमारी कली-चिड़ियां[1] हमें भेज दे।"

पास से दूसरी जल्दी से बोली, "हमें चांदी की कली-चिड़ियां नहीं चाहिए! हम सबको सोने की भेजे।"

गाड़ी चलने तक मां ने काफी साहस का परिचय दिया था। परन्तु जैसे ही गाड़ी प्लेटफार्म से हिली, मां को रोना आ गया।

---

1. चांदी के छल्ले जो विवाह के अवसर पर बहनोई सालियों को देते हैं।

दिल्ली स्टेशन के प्लेटफार्म पर गाड़ी शनैः-शनैः धीमी होती जाती थी। कम्मी ने खिड़की से प्लेटफार्म पर खड़े लोगों को देखा। नया शहर, नये लोग। कम्मी का मन घिरने लगा। गाड़ी खड़ी हो गई। कम्मी ने अपना सूटकेस पकड़ा। उतरनेवालों की जल्दी, चढ़ने वालों की जल्दी और चारों ओर की भीड़भाड़ में उसे ऐसा लगा जैसे उसका अपना-

आपा खो गया हो।

"कम्मी!" एक आवाज़ आई। पहले कम्मी को महसूस हुआ कि यह ऐसे ही उसके कानों की भ्रांति थी। आवाज़ फिर आई। इस बार यह बड़े निकट से थी। लोगों के जल्दी से चल रहे पांवों से अपने पट्टी बंधे हुए पैर को बचाता हुआ सुमेश थोड़ा-सा दूर होकर खड़ा था।

"सुमेश!" पहले कम्मी की आंखों ने उड़कर सुमेश के मुंह की ओर देखा, फिर उसके पट्टी के साथ बंधे हुए पैर की ओर, और हाथ में पकड़ी हुई छड़ी की ओर। "तुम्हें स्टेशन पर नहीं आना चाहिए था सुमेश, मैं अपने-आप घर आ जाती। घर ही तो आना था।"

"मैंने सोचा, तुझे तलाश करना पड़ेगा।" सुमेश ने ज़ोर से कम्मी का हाथ पकड़ा और कहा, "कभी दिल कहता था तू ज़रूर आएगी, और कभी कहता था तू नहीं आएगी!"

"फिर तुम्हारा आधा दिल झूठा, आधा सच्चा..." कम्मी हंस पड़ी। फिर कहने लगी, "यह छड़ी पकड़नी क्यों शुरू कर दी है!"

"इसलिए कि इसे देख शायद तुम्हें रहम आ जाए और तू अपने कंधे का सहारा दे दे..." सुमेश हंस पड़ा।

"यह ले, पकड़ कंधे का सहारा!" कम्मी और अधिक निकट हो गई। फिर कहने लगी, "पर इस सहारे की उतनी देर ही ज़रूरत है न, जितनी देर पैर खराब है?"

"केवल पैर ही नहीं, दिल भी खराब है—पैर ठीक हो जाएगा, पर दिल को ठीक नहीं होना है..." बात सुमेश के मुंह में थी, दोनों हंस पड़े।

2

मकान बड़ा था। परन्तु सुमेश के पास एक ही कमरा था। यह मकान सुमेश के मित्र का था। कुछ महीने हुए, उसके मित्र की इस शहर से बदली हो गई थी। जाती बार उसने सुमेश के कमरे को छोड़कर बाकी सारा मकान बन्द कर दिया था। एक रसोई और एक गुसलखाने की चाबी भी उसने

सुमेश को दे दी थी।

"रोगी को कोई बड़ा सुन्दर रोग मालूम होता है!" कम्मी ने कमरे में कदम रखते हुए कहा। सामने मेज़ पर बहुत-से फूल पड़े हुए थे।

"जैसा डाक्टर सुन्दर, वैसा ही रोग सुन्दर!" और सुमेश ने उन फूलों से एक बड़ा सुन्दर फूल चुनकर कम्मी के बालों में लगा दिया। "मेरा जो भी कोई विवाह होना था, वह आज हो गया।" सुमेश ने कहा और फिर मेज़ के ऊपर फूलों के साथ रखी हुई एक अंगूठी उठाकर कम्मी की उंगली में डाल दी।

"सच, सुमेश!" कम्मी ने कहा और सुमेश की छाती पर अपना सिर रख दिया।

3

सुमेश के पास रसोई में चाय बनाने का सामान तो था, परन्तु रोटी बनाने का नहीं था। एक कोने से कम्मी को एक बेलन और एक तवा मिला। यह शायद सुमेश के मित्र का रसोई में पड़ा रह गया था। परन्तु चकला कम्मी को कहीं नहीं मिला। नज़दीक की एक दुकान से कम्मी ने कुछ आटा और नमक-मिर्च मंगवा लिया। सुमेश ने आगे ही अपने पांव को आवश्यकता से अधिक हिला-डुला लिया था, कम्मी ने अब उसे कहीं बाहर न जाने दिया।

कम्मी ने पहले सुमेश के पांव पर दवाई लगाई। खानेवाली दवाई सुमेश खा लिया करता था, परन्तु मलनेवाली दवाई लगाना उसके बस का नहीं था। फिर कम्मी ने रसोई में जाकर आटा गूंधा, अंडे बनाए। चकला कोई नहीं था। उसने एक प्लेट को उलट करके उसके ऊपर रोटी बेली। साथ ही उसने चाय बना ली थी।

"मुझे यह सब कुछ सपना लगता है।" सुमेश ने रोटी के पहले कौर को तोड़ते हुए कहा।

पता नहीं आग के सेंक से अथवा कौन-से सेंक से कम्मी का चेहरा

दहक रहा था। वह अपने बालों में लगे फूल जैसी सुन्दर लग रही थी।

रात को कम्मी ने मां को चिट्ठी लिखी, "चकला कोई नहीं था। मैं एक प्लेट को उलटाकर रोटी बेलती रही। कोई भी रोटी गोल नहीं बनी। परन्तु एक पूर्णता का अहसास हुआ है। मुझे यह अहसास जीवन में पहली बार हुआ है। 'कल' मुझे पता नहीं किस तरह का होगा, पर 'आज' मैंने देखा है, मैं कभी भी पश्चात्ताप नहीं करूंगी।"

पन्द्रह-बीस दिनों में सुमेश का पांव बिलकुल ठीक हो गया। छोटे-छोटे बर्तन कम्मी की रसोई में चमकने लग पड़े।

"पहले तो सरकार से कोई काम लेना ही बड़ी कठिन बात है। परन्तु किसी तरह ले लो, काम करके दे दो, फिर उस काम के पैसे लेने बहुत ही कठिन बात है। हर रोज़ दफ्तरों के चक्कर काटने पड़ते हैं। छोटे-छोटे क्लर्क भी इस प्रकार बातें करते हैं जैसे उन्हें पैसे अपनी जेब से देने हों।" एक दिन सुमेश बाहर से आया तो बड़ा उदास था। काम के बहुत-से दिन उसकी बीमारी ने ज़ाया किए, और पिछले कामों के पैसे लेने के लिए कई दिन ये चक्कर ज़ाया कर रहे थे।

"कोई बात नहीं—आज मेरे पास बहुत-से पैसे हैं, खर्च करने के लिए..." कम्मी ने सुमेश की उदासी को संभाल लिया। और फिर कहा, "ज़रूरत हुई तो मैं यहां नौकरी कर लूंगी।" और कम्मी ने मुस्कराकर मेज़ की ओर उंगली उठाकर कहा, "वह देखो सामने!"

सामने कम्मी और सुमेश की तस्वीर थी। परसों ही वह एक फोटोग्राफर को बड़ी करने के लिए दी गई थी। आज कम्मी स्वयं जाकर उसे ले आई थी। इस तस्वीर में सुमेश ने कम्मी को वही काला स्वेटर पहनाया था, जो कि आज से डेढ़ मास पहले एक तूफानी रात को उसने कम्मी को दिया था। वह रात, वह अंधेरा, कम्मी के गले में वह काला स्वेटर, उसके साथे पर उड़ रहे उसके बाल—और उस अंधेरे में बत्ती की तरह जलता उसका चेहरा... सुमेश के भीतर एक कसक उठी। उसने कम्मी को दोनों बांहों में ले लिया, "मैं तो ऐसे ही उदास हो गया था। जिस तरह की दौलत मेरे पास है, वैसी और किसके पास होगी!"

अगले मास मां ने कम्मी को सेबों की एक पेटी भेजी। बिल्टी सुमेश के हाथ देते हुए कम्मी ने उसके चेहरे की ओर देखा, सुमेश का चेहरा कुछ उतरा हुआ था।

"क्या बात है सुमेश? मैं रात की पूछ रही हूं।"

"कोई बात नहीं।"

"रात भी तुमने यही कहा था, अब भी यही कहे जा रहे हो?"

"परन्तु कोई बात हो तो बताऊं।"

"सुमेश, तुम्हारे चेहरे की मुझे बहुत पहचान है, शायद ज़रूरत से ज़्यादा मैं इसे पहचानती हूं—खाओ मेरी कसम, कोई बात नहीं?"

सुमेश ने सिर नीचा कर लिया। फिर एक उच्छ्वास लेते हुए कम्मी की ओर देखा, "तेरे पास बैठे मुझे पता नहीं क्या हो जाता है?"

"क्या?" कम्मी के पूछने में एक गम्भीरता थी।

"कभी-कभी मुझे ख्याल आता है—तेरे साथ पहले भी कभी किसीने यह अधिकार लिया था।" सुमेश ने यह कहा पर कम्मी की ओर देखा नहीं।

पता नहीं कम्मी के भीतर क्या कुछ जल उठा, उसे अपने सारे शरीर से एक सेंक आने लग पड़ा।

सुमेश ने उसी तरह देखते हुए कहा :

"चाहे दस दिन, चाहे आठ दिन, परन्तु पाल ने तेरे साथ यह अधिकार तो लिया ही था न?"

कम्मी को न गुस्सा आया, न रोना। केवल उसे यह महसूस हुआ कि इन दो मिनटों में उसे तेज़ बुखार चढ़ गया था। उसके सिर को चक्कर आ रहे थे। उसकी टांगें कांप रही थीं।

4

"तुम मुझे माफ नहीं कर सकतीं कम्मी? आज मैंने तुम्हें बहुत दुःख दिया था।" रात को सुमेश ने कम्मी के पास बैठते हुए कहा।

कम्मी ने अपना सिर अपने घुटनों पर रख दिया। उसका दिल किया, वह कहे, 'पर सुमेश! यह तुम्हें पहले पता नहीं था? आज कोई नया पता लगा है? मेरे जीवन में इस तरह का कुछ भी नहीं था, जो मैंने छिपाया हुआ था।' परन्तु कम्मी से कुछ न कहा गया।

सुमेश ने हाथ से कम्मी का सिर ऊंचा किया। उसका मुंह आंसुओं से भीगा हुआ था।

कम्मी के जी में आया, 'सुमेश, तुम्हारे जीवन में भी तो मुझसे पहले एक लड़की आई थी। चाहे तुम कहते थे कि तुम्हें उसके साथ प्यार नहीं था। परन्तु कभी मैंने भी कुछ पूछा है? शायद यह शिकवा केवल मर्द ही करते हैं?' और कम्मी ने अपनी इस बात को शब्दों में व्यक्त न किया।

"तेरे आंसू मुझे लज्जित करते हैं कम्मी!" सुमेश ने बड़ी नम्रता से कहा और कम्मी को अपनी बांहों में ले लिया।

सुमेश के गर्म श्वासों से कम्मी के दुखे हुए मन पर जैसे एक सिंकाई होने लग पड़ी।

5

दिन पक्षियों की पंक्ति की तरह उड़ने लग पड़े।

सुमेश का जो रूप कम्मी के मन को 'मोह लेता था, वह रूप एक बार उसे उस समय नज़र आता था, जिस समय वह कम्मी के हाथ की पकी चीज़ें खा रहा होता था। एक स्वाद में, एक सन्तोष में उसका चेहरा सन्तुष्ट होता था। वह सन्तोष उसकी आंखों में एक चमक डाल देता था और उसके हाथों में बड़ी मासूम खेलें। अपनी प्लेट से कौर लेकर वह रोटी बना रही कम्मी के मुंह में डालने लग जाता। कभी पीछे खड़े होकर आहिस्ता से उसके बाल खोल देता। कभी-कभी जब उसके हाथ आटे से लथपथ होते, वह उसकी कमीज़ के बटन खोल देता। कम्मी को चिढ़ाता और हंसाता वह कम्मी को बहुत अच्छा लगता था।

यही रूप दूसरी बार उसे उस समय दिखाई देता था जब उसके और सुमेश के श्वासों की दो नदियां एक-दूसरे में विलीन हो जाती थीं। पानी सभी किनारों को अपने में डुबो लेता था। वे दोनों श्वासों की भरी बहती नदी में तैरते, दिन की सारी धूल अपने शरीर पर से उतार लेते थे। उस समय कम्मी सुमेश के मुंह की ओर देखती थकती नहीं थी। वर्षा से धुले हुए पत्तों के रूप की तरह सुमेश का रूप होता था। बड़ा ताज़ा, बड़ा स्वच्छ, बड़ा शांत।

सुमेश के इस रूप को बार-बार देखने के लिए कम्मी ने अपने-आपको दो कामों के हवाले कर दिया। एक काम उसका चौका। दूसरा काम उसके सोने का कमरा। चौके में नित्य नये छौंक की सुगन्ध। कमरे में नित्य नई सजावट।

पक्षियों की पंक्ति की तरह दिन उड़ने लग पड़े।

एक दिन सुमेश ने अचानक कहा :

"कम्मी, तुझे पहले विवाह से पूरी तरह छुटकारा नहीं मिल सकता? मेरा मतलब यह है—कानूनन?"

"मुझे पता नहीं,—किसी वकील-उकील को पूछना पड़ेगा... यह कचहरी बड़ी मुसीबत होती है। क्यों, क्या बात है?"

"कुछ नहीं, मैं यह सोचता था कि आखिर मेरे मां-बाप को पता लग जाएगा...शायद उनके कुछ भनक पड़ भी गई है। वे हमारे इस विवाह को विवाह नहीं मानेंगे..." सुमेश ने कुछ रुक-रुककर, कुछ झिझककर फिर कहा, "कोई भी तो इस विवाह को विवाह नहीं समझता...कल मेरे एक मित्र ने मुझसे बड़ा मज़ाक किया। उसने हमें दो-तीन बार एकसाथ जाते कहीं देखा था। पूछने लगा, '...आजकल तुम एक स्त्री के साथ बड़े घूमते रहते हो। क्या बात है?' मैंने कहा, 'वह मेरी पत्नी है।' पर वह मानता ही न था।"

कम्मी ने कुछ नहीं कहा, केवल सुमेश के मुंह की ओर देखती रही।

सुमेश ने फिर रुककर कहा, "इस समाज में हम किस तरह चलेंगे? मैं तुम्हें किसी मित्र के घर ले जा नहीं सकता। किसी मित्र को अपने घर बुला

नहीं सकता। हम इस तरह अकेले गुम हुए रहते हैं। जाने एक वीरान टापू में फिर रहे हों।"

'मर्ज़ी का साथी न हो तो, आदमी बसती दुनिया में भी वीरान हो जाता है। मर्ज़ी का साथ हो, आदमी वीरान टापू में भी आबाद हो जाता है।' कम्मी के पास कहने को बहुत कुछ था। परन्तु उसे महसूस हुआ कि यह अथवा और कौन-सी बात थी, जो सुमेश नहीं जानता था। 'चीज़ें उसी तरह दिखाई देने लग जाती हैं, जिस तरह हम उनको देखना चाहते हैं।' कम्मी यह बात जानती थी, इसलिए उसने कुछ नहीं कहा।

"कभी-कभी मुझे महसूस होता है कि जैसे मैं समाज द्वारा बहिष्कृत हो गया हूं—मुझे लगता है, मैं बहुत जल्दी बूढ़ा हो जाऊंगा..."

सुमेश ने सामने शीशे में इस तरह देखा जैसे उसके इकतीसवें वर्ष में ही साठवां वर्ष लग गया हो। सुमेश ने घबराकर कहा, "मैं अभी बूढ़ा नहीं होना चाहता कम्मी!"

कम्मी को महसूस हुआ कि पक्षियों की पंक्ति की तरह उड़ते जा रहे दिनों को किसीने गुलेल मार दी थी। यह दिन एक पक्षी की तरह घायल होकर नीचे गिर गया था।

6

कम्मी आटा गूंध रही थी। और सुमेश उसके पास आकर इस तरह खड़ा हो गया जैसे वह सुमेश न हो, एक प्रश्नचिह्न हो।

"क्या बात है सुमेश?" कम्मी ने आटा मलते हुए पूछा।

"पिताजी की तार आई है।"

"फिर?"

"वे कल प्रातः की गाड़ी से यहां आ रहे हैं।"

"अच्छा।"

"अच्छा नहीं कम्मी..." सुमेश खीझ गया, पता नहीं अपने पर, पता नहीं कम्मी पर।

"आखिर उन्हें एक दिन तो आना ही था—कल ही सही।" कम्मी ने साहस करके कहा और फिर आटे को ढककर अपने हाथ धोने लग गई।

"नहीं कम्मी, बात बहुत बिगड़ जाएगी।" और सुमेश ने अपने माथे का पसीना पोंछा।

"कुछ नहीं बिगड़ेगा सुमेश! मैं अपने-आप..."

"तुम अपने-आप क्या कर लोगी?—मैं बिलकुल बर्बाद हो जाऊंगा।"

"बर्बाद?" कम्मी को जैसे बिलकुल समझ नहीं आया कि बाप आकर बेटे को मिलेगा तो इसमें बर्बादी की क्या बात होगी।

"तुम समझती क्यों नहीं कम्मी?—मेरा कैरियर..." और सुमेश ने रसोई में लगी हुई बर्तनों की तख्ती की ओर इस तरह देखा जाने वे सारे बर्तन उसके कैरियर के राह में रोड़े बन गए हों।

"सच बताओ, तुम क्या चाहते हो सुमेश?"

"मैं..." सुमेश जैसे हकला गया।

"कोई बात नहीं सुमेश। मन की बात मत रोको।"

"मैं चाहता हूं कि पिताजी को हमारे इस विवाह का पता न लगे..." और सुमेश ने बर्तनों की तख्ती को बाज़ू से इस तरह थामा जैसे वह बर्तनों के समेत उसके सिर पर गिरने लगी थी।

"पर सुमेश..."

"तुम उनको नहीं जानतीं कम्मी!"

"मैं नहीं जानती, न सही, परन्तु यह तो जानती हूं कि वे पिता हैं, उनकी छाती में एक बाप का दिल है।"

"दिल केवल नर्म नहीं होते, कम्मी, दिल पत्थर भी होते हैं।"

"तो कोई बात नहीं, मैं पत्थर की चोट खा लूंगी-मुझे तो देख लेने दो वे कितने पत्थर बन सकते हैं!" और कम्मी ने मटके से पानी का एक गिलास भरा। एक घूंट पिया और फिर गिलास को हाथों में इस तरह पकड़े रखा जैसे अभी उसे किसी पत्थर की चोट को पानी के साथ धोना हो।

"हां, और तुम्हारे देखने-देखने में ही मैं कहीं का न रहूं..." और सूमेश

ने अब तक जितना भी अपना-आप संभाला हुआ था, वह भी अपनी खीझ के हवाले कर दिया।

"सुमेश!" कम्मी उससे अधिक कुछ न कह सकी।

"मुझे पता है कि वे मुझे अपनी सम्पत्ति से बेदखल कर देंगे—और फिर सारी आयु अखबारों के दफ्तरों में से तीस-तीस रुपये..."

"तुम क्या चाहते हो सुमेश?" कम्मी के बोल इस तरह थे जैसे कोई अपनी फटी हुई जेब में हाथ डाले और देखे कि पता नहीं किस समय उसके सारे पैसे उसकी जेब में से गिर गए थे।

"तुम थोड़े दिनों के लिए..."

"कहीं चली जाऊं?"

"हां।"

"इस घर से चली जाऊं?"

"हां, हां।"

"यह मकान..." और आगे कम्मी चुप रही।

"तुम क्या कहना चाहती हो?"

"कुछ नहीं।"

"कुछ तो कहने लगी थीं।"

"हां, कहने लगी थी कि यह मकान—मैंने समझा था यह मेरा घर है..." कम्मी मुस्करा पड़ी।

"ऐसे ही इतनी भावुक मत हुआ कर कम्मी! हर समय घर...घर..."

कम्मी के होंठों में आया, 'सच सुमेश! औरत को पता नहीं क्या है, हर समय घर-घर करती रहती है। बहुत भावुक होती है औरत...' परन्तु कम्मी ने अपने होंठ बन्द कर लिए। कुछ न कहा।

"तुम कुछ दिन किसी होटल में..."

'हां, यह ठीक है। औरत के साथ का घर शब्द अच्छा ही नहीं लगता। औरत...और...होटल...' कम्मी ने कहना चाहा, परन्तु यह भी न कहा।

"मैं होटल का सारा खर्च दूंगा..." सुमेश ने कम्मी को चुप देखकर बड़ी मर्दानगी से कहा।

"अच्छा? परन्तु खर्च काफी आएगा। अखबारों के दफ्तरों से तो कठिनाई से तीस-तीस रुपये..."

"कुछ करूंगा..."

"शायद पिताजी बहुत दिन यहां रह जाएं।" कम्मी मुस्कराई।

"पर तुम...तुमने तो कहा था तुम्हें यहां नौकरी मिल जाएगी।'

"हां, परन्तु तुम्हें शायद याद नहीं रहा सुमेश, मैंने एक दिन यह भी कहा था कि अब शायद मुझसे नौकरी नहीं हो सकेगी।"

"क्या वह बात..."

"हां, वह बात..."

"पर मैंने तुम्हें कहा था कि अभी हमें बच्चा नहीं चाहिए। तुम अवश्य किसी डाक्टर के पास जाना..."

"पागल हो गए हो सुमेश? तुम्हारे बच्चे को, अपने बच्चे को मैं अपने हाथों से इस दुनिया से वापस कर दूं?"

"कम्मी!" सुमेश ने कम्मी की ओर इस तरह देखा जैसे वह सात वर्षों की बालिका हो और उससे सुमेश की मेज़ पर स्याही की दवात गिर गई हो और फिर बुद्धिमत्ता से कहने लगा :

"अपने रहने के लिए तो इस दुनिया में स्थान मिलता नहीं..."

"जिस दुनिया में मैं रहूंगी, उस दुनिया में उसके लिए भी स्थान बना लूंगी..."

"हां, और मेरे लिए सारा स्थान मिटा दोगी..."

"नहीं सुमेश! यदि उसके इस घर में आने से तेरा स्थान मिटता है तो वह इस घर में नहीं आएगा।"

"अब तू मेरी कठिनाई को समझी है कम्मी! इस समय उसे नहीं आना चाहिए। मैं यही तो कहना चाहता था—तुम समझती नहीं थीं।" सुमेश इस तरह नर्म हो गया जैसे उसने एक स्याहीचूस की तरह मेज़ पर गिरी हुई सारी स्याही चूस ली हो।

"आज मैं तुम्हारा होटल में प्रबन्ध कर दूं न?" सुमेश ने उसी नरमाई से पूछा।

"हां, कर दो।" कम्मी ने कहा, और उसके कहने में कोई झिझक नहीं थी।

"तू आज अथवा कल किसी...डाक्टर के पास जाएगी न?" सुमेश ने इस तरह पूछा जैसे कोई झूले में पड़े हुए भूखे बच्चे को एक खिलौना पकड़ाकर पूछे, 'अब तू घण्टा-भर तक तो नहीं रोएगा न!'

कम्मी ने सिर हिलाकर 'हां' कर दी, पर बन्द होंठों से कहा—'डाक्टर के पास जाऊंगी, पर अभी नहीं...छ:-सात मास तक..'

"और यदि पिताजी बहुत ही दिन ठहर गए—तुम चुपचाप कांगड़ा चली जाना, मां के पास, मां बहुत अच्छी है..." सुमेश ने इस तरह कहा जैसे उसने अब झूले में पड़े हुए बालक को एक के स्थान पर दो खिलौने पकड़ा दिए हों और कहता हो, 'अब तो तुम्हें तीन घण्टे नहीं रोना चाहिए।'

कम्मी ने सिर हिलाकर 'हां' कहा।

"तुम बड़ी अच्छी हो कम्मी! अब ऐसा कर—यह सारे बर्तन इत्यादि एक ट्रंक में डाल दे—जल्दी-जल्दी कर..."

"पर तुम रोटी तो खा लो। सब्ज़ी बनी हुई है, आटा गुंधा हुआ है..."

"फिर देर हो जाएगी कम्मी।... अच्छा, जल्दी-जल्दी रोटी पकाओ..."

कम्मी ने अंगीठी में कोयले डाले, और जब तवा गर्म हो गया, पहली रोटी बेलती हुई कहने लगी :

"सुमेश, तुम हर रोज़ खाना कहां से खाया करोगे?"

"तुम मेरी चिन्ता मत करो..."

"परन्तु तुम कहते थे न कि तुम्हें होटल का खाना अच्छा नहीं लगता..."

"हां, पर क्या किया जा सकता है!...तुम खाना बहुत ही अच्छा बनाती हो। मैं काशीफल और टिंडे की सब्ज़ी की ओर आंख भरकर भी नहीं देखा करता था। तुम पता नहीं कैसे बनाती हो! भिंडी बनाने में तो तुम कमाल करती हो। आलू तो तुम्हारी तरह कोई बना ही नहीं सकता..."

कम्मी ने रोटी को चुपड़ा। और फिर चकले पर गिरा हुआ अपना आंसू अपनी चुन्नी से पोंछ दिया।

"दो अंडे भी पड़े हुए हैं, वे भी बना दूं? कल के नाश्ते के लिए रखे हुए थे..." कम्मी ने फिर एक बार चकला पोंछा।

"बना दो, बना दो, परन्तु जल्दी करो...अभी इतना कुछ संभालना है—तुम्हारे कपड़े कितनी ही जगह टंगे हुए हैं..."

और जब सुमेश ने खाना खा लिया, फिर एक बार कम्मी के पास खड़े होकर कहने लगा :

"सब चीज़ें तनिक ध्यान के साथ सब कुछ स्टोर में बन्द कर दो। बाहर कोई चीज़...मेज़ पर हमारी दोनों की तस्वीर पड़ी हुई है, वह भी याद से उठा लेना...मैं जाकर किसी होटल में एक कमरा ले आऊं..." और सुमेश बूट पहनने लगा।

"ये जुर्राबें मैली हैं, वहां दूसरी धुली पड़ी हैं..."

और कम्मी ने सुमेश के हाथ से एक जुर्राब पकड़ ली, दूसरी जुर्राब सुमेश ने पहन ली हुई थी।

"रहने दो आज यही—देर हो जाएगी..." सुमेश ने कम्मी के हाथों से जुर्राब फिर पकड़ ली।

सुमेश बाहर चला गया और कम्मी ने चकला, बेलन, परात सारे बर्तन और वे सारी चीज़ें, जिनके अस्तित्व से औरत की सुगंध आ जाती है—दो ट्रंकों में बन्द करके स्टोर में रख दीं। मेज़ पर पड़ी हुई तस्वीर भी, अपने कपड़े भी। तौलिया अभी गीला था। वह कम्मी ने ट्रंक के ऊपर बिछा दिया।

सुमेश के वापस लौटते अच्छी शाम हो गई थी।...और जब दरवाज़ा खटका, कम्मी बैठी-बैठी ऊंघने लग गई थी। जल्दी से उठकर दरवाज़ा खोलते वह दिन की बात भूल गई। वह जल्दी से सुमेश के लिए चाय लाने रसोई में चली गई...और फिर कम्मी को याद आया, आज तो उसने चाय के लिए शाम का दूध भी नहीं लिया था। रसोई में बर्तन ही कोई नहीं था।

"कमरा बहुत अच्छा नहीं मिला—अच्छे कमरों का किराया बहुत ही अधिक था..."

"कोई बात नहीं।"

"यदि बहुत दिन लग गए..."

"कोई डर नहीं।"

"पिताजी शायद मुझे किसी विदेश में..."

"अच्छा है, इससे 'कैरियर' बन जाएगा।"

सुमेश को विदेशवाली बात मुंह से निकालकर महसूस हुआ था कि उसने अच्छा नहीं किया। इस समय यह बात कहने की क्या ज़रूरत थी! कम्मी पता नहीं इस बात को किस प्रकार बढ़ा लेगी!

—परन्तु कम्मी के मुंह से 'अच्छा है' सुनकर सुमेश को लगा, बात यहीं खत्म हो गई थी। वैसे सुमेश को यह भी महसूस हुआ कि कम्मी के बोलों में शायद कुछ व्यंग्य था, परन्तु उसने इस व्यंग्य को और आगे कुरेदना ठीक नहीं समझा।

"तुम अपने कपड़े..."

"संभाल लिए हैं।"

"चलो फिर?..."

'हां।'

"लामो, सूटकेस मुझे पकड़ा दो।" कम्मी के पास एक छोटा-सा अटैचीकेस था, उसने आप ही हाथ में पकड़ लिया।

"सारे कपड़े ले लेने थे। पता नहीं कितने दिन लग जाएं..."

"मुझे जो कुछ चाहिए था, मैंने ले लिया है।"

सुमेश ने कपड़ोंवाली बात पर ज़ोर देना चाहा, परन्तु उसे कुछ कहना बड़ा कठिन लगा। वह चुप रहा।

बस में बैठकर न सुमेश ही कोई बात कर सका, और न कम्मी ने ही कुछ कहा।

होटल अच्छा था। वैसे जिस कमरे को कम्मी के लिए लिया गया था, वह होटल के पिछले कमरों में से एक था, छोटा था, और कुछ अंधेरा भी। शायद उसी कमरे का किराया सभी कमरों से कम था। और फिर कम्मी को उस कमरे में छोड़कर सुमेश एक क्षण के लिए ऐसे खड़ा हो गया, जैसे कमरे के दरवाज़े ने उसका हाथ पकड़ लिया हो।

"मेरी चिन्ता न कर समेश।" कम्मी ने कितनी देर के मौन के बाद आहिस्ता से कहा।

"तुम मुझे शर्मिन्दा करना चाहती हो?" पता नहीं समेश ने क्यों यह

कहा, और फिर कहने लगा, "जब तक आदमी के पास रोटी नहीं, पोज़ीशन नहीं—उसकी मुहब्बत भी क्या अर्थ रखती है..."

"परन्तु मैंने तो कुछ नहीं कहा!" पता नहीं कम्मी क्यों मुस्करा पड़ी।

"मुझे मालूम है तुम मुझे शर्मिन्दा करना चाहती हो—इसीलिए तुम हंस रही हो।"

"यदि मैं रो पड़ती, तुझे अच्छा लगता?" कम्मी को अपनी हंसी, अपना रोदन उस लोई की तरह महसूस हुआ जिसे ऊपर लें तो शरीर को खाती है और उतार दें तो शरीर को शीत लगती है।

"तुम मुझे माफ नहीं कर सकतीं कम्मी?" अचानक सुमेश ने कहा।

"क्या हो गया तुम्हें सुमेश? इसमें माफ करनेवाली कौन-सी बात है?"

"मैं तुम्हारे काबिल नहीं कम्मी! तुम मुझे भूल जाओ..." और सुमेश पलंग के बाज़ू पर इस तरह बैठ गया, जैसे उससे और खड़ा नहीं हुआ जा रहा हो।

यदि कोई कम्मी के चेहरे की ओर देखता—कम्मी की आंखों में छल-छल आंसू भर आए थे और उसके होंठों पर एक मुस्कराहट जम गई थी; और फिर आंसू दोनों गालों पर फिसलकर इस तरह होंठों के पास आकर खड़े हो गए जैसे वे सारी मुस्कराहट को अपने गले से लगा लेना चाहते हों। "मैं मर्द हूं कम्मी! मैं जीवन में सफल होना चाहता हूं। यदि मैं अपनी कोई पोज़ीशन नहीं बना सकूंगा, मैं मुहब्बत क्या करूंगा!"

और कम्मी ने सोचा, यह पोज़ीशनवाली बात और मुहब्बतवाली बात तो सुमेश ने आगे भी उसको कई बार समझाई है। फिर आज क्यों बार-बार वह यह बात कह रहा है! और कम्मी के दिल में आया कि वह कहे—'औरत की समझ में चाहे यह बात कभी नहीं आती, पर आज मुझे यह बात समझ में आ गई है'—परन्तु कम्मी से कुछ न कहा गया।

एक चुप्पी थी, जिसको तोड़ने के लिए कम्मी को कोई बात नहीं सूझ रही थी। और फिर उसे एक निरर्थक-सी बात सूझी। पूछने लगी, "प्रातः पिताजी की गाड़ी कितने बजे आएगी?"

"आठ बजे।" कहने को तो सुमेश ने कह दिया, परन्तु फिर उसके मन में आया, जो विचार उसे पहले नहीं आया था, कि कम्मी शायद उसके पिता को मिलना चाहती थी, अपना अधिकार बताना चाहती थी, बच्चेवाली बात...और सुमेश इतना घबरा गया—जाने उसके पांवों के नीचे का फर्श चक्कर लगाकर छत की तरफ चला गया हो।

"कम्मी! तुम पिताजी को..."

"नहीं, सुमेश, कभी नहीं......कभी नहीं...तुमने मुझे इतना भी नहीं समझा?"

"यदि तुम्हें कभी ज़रूरत हो—तुम मुझे पत्र लिख दिया करना—वैसे मैं...जिस समय भी अवसर मिला...आकर देख जाया करूंगा, तुम स्वयं उस ओर न आना..."

सुमेश उठ बैठा। दोनों ने एक-दूसरे की ओर देखा, 'कोई अन्तिम बात...'

सुमेश ने सोचा, 'क्या कहूं?' और फिर उसे एक बात याद हो आई। कहने लगा—"तुम याद करके जल्दी ही किसी डाक्टर के पास जाना... और अधिक दिन हो गए तो मुश्किल हो जाएगी—पैसे की चिन्ता न करना, जितने भी वह मांगे..."

सुमेश को कहने के लिए यह बात याद आ गई थी, परन्तु कम्मी को कुछ भी याद नहीं आया।

सुमेश चला गया। कम्मी ने जाते हए की पीठ देखी। उसे महसूस हुआ... सुमेश ने उसको समझा नहीं था, अथवा उसने ही सुमेश को नहीं समझा था। कुछ...कहीं इस तरह का था, जिसकी समझ किसीको नहीं आई थी।...और कम्मी को लगा...सुमेश, जिसका चेहरा उसको कई जन्मों का पहचाना हुआ लगता था, आज उसकी पीठ को वह बिलकुल नहीं पहचानती थी।

7

"मेम साहब, खाना..."

"नहीं, कुछ नहीं चाहिए...हां, कुछ कागज़ चाहिए, मिल जाएंगे?"

बैरा आकर होटल के लेटर-फार्म और एक पेंसिल दे गया।

"और कुछ? चाय, कॉफी?"

"चाय? अच्छा चाय ला दो..." कम्मी ने चाय का प्याला पिया और फिर पेंसिल लेकर खत लिखने लगी।

खत कम्मी के मन में सारा उभरा हुआ था। उसकी प्रत्येक पंक्ति उसके मन में बनी पड़ी थी। परन्तु सम्बोधन? कम्मी की पेंसिल रुक गई। कम्मी को याद आया, आज से एक वर्ष पूर्व जब वह कांगड़ा से सुमेश को खत लिखा करती थी, सैकड़ों शब्द उसकी कलम के गिर्द भीड़ डालकर खड़े हो जाते थे, और आज... आज उसकी पेंसिल को एक शब्द नहीं मिल रहा था।

'यह एक ही वर्ष में क्या हो गया?' कम्मी ने सोचा और फिर अपने मन को रोक लिया। उसे लगा कि उसके सामने चिन्ताओं की गहरी ढलान थी, यदि एक बार उसके मन का पांव फिसल गया, वह पता नहीं कौन-सी खड्डों में जा गिरेगा...और उसने चिन्ताओं का रास्ता छोड़कर खत की राह पकड़ी। खत के मार्ग पर सबसे पहला पड़ाव था, सम्बोधन! ...

'मेरे सुमेश!' गत वर्ष सुमेश को लिखे खतों के कितने ही सम्बोधन कम्मी को फिर याद आ गए...

'मेरी मंज़िल! मेरे विश्वास!—मेरे ईमान...' और कम्मी ने सभी शब्दों को देखकर कहा—'मुझे नहीं पता था कि तुम दूसरे दिन फूलों की तरह मुरझा जाओगे...' कम्मी ने एक सादा-सा सम्बोधन सोचा, 'मेरे सुमेश' और वह खत लिखने लगी, परन्तु फिर उसको महसूस हुआ, यह सादगी तो उस समय आती है जब कोई सारे का सारा इस 'ममत्व' में भीग जाए।—वह तो आज किनारे पर खड़ी हुई है बिलकुल सूखी—और कम्मी ने वह कागज़ फाड़ दिया।

'अच्छे सुमेश' कम्मी ने कागज़ पर लिखा। नहीं, नहीं—वह कहेगा, तुम यह शब्द कह मुझे शर्मिन्दा करना चाहती हो...' और कम्मी ने वह कागज़ भी फाड़ दिया।

'सुमेश!' कम्मी ने नये कागज़ पर लिखा। और फिर उसे महसूस हुआ, यह शब्द अपने-आपमें पूर्ण है। आज इस शब्द के बायें हाथ जो भी शब्द लिखा जाएगा, फालतू होगा। और कम्मी फालतू कुछ भी लिखना नहीं चाहती थी।

कम्मी ने खत लिख लिया। एक बार पढ़ा, दो बार पढ़ा, और फिर उसे तकिये के पास रखकर लेट गई।

प्रातः घंटी की आवाज़ से कम्मी जाग पड़ी। कमरा पहचाना नहीं जा रहा था। दरवाज़ा खोला। बैरा सुबह की चाय लेकर आया था।

'अभी तो कल सुमेश ने कहा था कि कोई ज़रूरत हो तो मुझे खत लिख देना, तुम स्वयं उधर मत आना...' कम्मी को ध्यान आया, और फिर जैसे सुमेश उसके सामने खड़ा हो, कहने लगी:

'मैं तो तुम्हारा कहना मान लूंगी पर ये स्वप्न नहीं मानेंगे। रात ये मुझे तुम्हारे घर ले गए थे...'

कम्मी ने घड़ी देखी, सात बज गए थे। उसने रात का लिखा खत निकाला, एक बार पढ़ा और लिफाफे में डाल दिया।

कम्मी जब होटल का बिल अदा करने के लिए गई तो मैनेजर कहने लगा, "साहब तो कहते थे, आप बहुत दिन रहेंगी।"

"रहना था, परन्तु कल आते ही तार मिल गई थी, मेरी मां बीमार है।"

कम्मी ने स्टेशन की बस पकड़ी। सारे बाज़ार जाने-पहचाने, 'अगला मोड़, उसके आगे का मोड़......और फिर बस उस घर के आगे से गुज़रेगी, घर...' और कम्मी के पांव के नीचे फिर विचारों की फिसलन आ गई—'कल प्रातः वह घर थी...और फिर शाम को वह मेरा घर नहीं था...यह घर और औरत का सम्बन्ध इतना कच्चा क्यों होता है?...' और फिर कम्मी को वह खत याद आया, जो उसने रात को सुमेश को लिखा था।

'बस अगला मोड़...और वह घर...मैं उतरकर खत दे आऊं...' कम्मी को विचार आया, और साथ ही सुमेश का कहा भी—'तुम स्वयं उधर न आना...कम्मी ने घड़ी देखी—पौने आठ।

'आठ बजे गाड़ी आती है। सुमेश स्टेशन पर गया होगा। मैं एक

मिनट में उसका कहा टाल दूं? अपने कल रात के स्वप्न की तरह? बस एक मिनट बाहर से लेटरबक्स में खत डाल दूंगी।' बस खड़ी हो गई। कम्मी ने शीशे में से देखा, सामने चार मकानों को छोड़ अगला मकान... और फिर चाहे कम्मी ने टिकट स्टेशन की ली हुई थी, उसके पांव बेबस बस से नीचे उतर गए।

दरवाज़ा बन्द था, कम्मी ने हाथ से छुआ पर खटखटाया नहीं।

'इसी तरह दरवाज़ा बन्द था और मेरी मां सारी रात दरवाज़ा खटखटाती रही थी...' कम्मी का गला भर आया। पता नहीं सामने दरवाज़ें को देखकर कि बाप के घर का दरवाज़ा याद करके।

खत कम्मी ने लिफाफे में डाला हुआ था। परन्तु उसने लिफाफा खोल, खत निकाला और एक बार फिर पढ़ा—

"सुमेश!

तुम्हारा घर तुम्हें मुबारक!
तुम्हारी कमाई—तुम्हारे पिता की कमाई
महलों की तरह सजा हुआ तेरा घर!
धर्म के
समाज के
गौरव के
प्रतिष्ठा के
कितने सुन्दर फूल हैं तेरे फूलदानों में!
महलों की तरह सजा हुआ तेरा घर,
मेरी मुहब्बत—
रास्ते की धूल की तरह, तुम्हारे पैर पड़ गई!
आज तुम अपने सुन्दर घर में जाते समय
एक पायदान से अपने पैर पोंछ लेना।

—कम्मी"

और कम्मी ने कागज़ को तह करके उस बन्द दरवाज़े के साथ लगे छोटे-से लेटर-बक्स में डाल दिया।

8

कम्मी ने जो सफेद साड़ी पहन रखी थी, वह इस प्रकार थकी हुई थी, जैसे वह पिछले दो दिनों से सोई न हो और अब अच्छी तरह नहा-धोकर किसी अलमारी के बिस्तर पर सोने को उसका बहुत मन चाह रहा हो।

'बस थोड़ी देर और...' कम्मी ने स्टेशन पर उतरकर जाने अपनी साड़ी को दिलासा दिया।

'दो मील और?—और वह भी कच्ची पगडंडी?' साड़ी ने जैसे थककर पूछा।

कम्मी मुस्कराई।

दायें पांव की चप्पल की एक कील साड़ी के शरीर में बार-बार चुभ रही थी, बड़े ज़ोर से वह उस कील से पीछा छुड़ाती रही, पर वह कील जाने पीछे पड़ गई थी—और फिर वह रोनी-सी हो गई और फिर एक जगह वह साड़ी बच्चों की तरह बिलख पड़ी। कम्मी ने उसको हाथ में लिया, पुचकारा और आगे चल पड़ी। 'कमल हाई स्कूल'—पीछे हुई वर्षा से दीवार पर लिखे अक्षरों का रंग दो स्थानों से कुछ मिट गया था। वे दो निशान इस तरह लग रहे थे जैसे दीवार की आंखों में आंसू भर आए हों।

कम्मी कितनी देर उन दो आंसुओं को देखती रही और फिर उसने साड़ी के किनारे से अपनी आंखें पोंछ लीं। "मां!" कम्मी ने दरवाज़ा खटखटाया।

कम्मी की आवाज़ धीमी थी, परन्तु वह सारी दीवार को चीर गई। मां ने बड़ी घबराहट में दरवाज़ा खोला।

"कम्मी, तुम?" मां की बांहें फैल गईं।

"हां मां!" कम्मी ने अपने को उन बांहों के हवाले कर दिया।

"इस तरह अचानक?"

"तुम्हारे दरवाज़े का दोष।"

"मेरे दरवाज़े का?"

"यह मेरे लिए हमेशा खुल पड़ता है।"

"यह तो तुम्हारा दरवाज़ा है, कम्मी! मेरे मन का दरवाज़ा।"

"हां मां, केवल यही दरवाज़ा खुला है, तेरे मन का दरवाज़ा। सुमेश का दरवाज़ा बन्द दो गया। और सब दरवाजे बन्द हो गए।"

आगे मां ने और कुछ न पूछा, कम्मी ने और कुछ नहीं बताया। बांहों की लपेट और कड़ी हो गई। कम्मी ने अपना भरा हुआ दिल मां के रीते दिल में उंडेल दिया।

कम्मी ने मां के सामने बैठकर चाय पी और मां ने कम्मी से छिपकर अपने आंसू पी लिए।

"तुम्हारा सामान? इस तरह खाली हाथ?" एक बार मां ने पूछा।

"नहीं मां, खाली हाथ नहीं आई; जो छोड़ नहीं सकती थी, वह साथ ले आई हूं।" कम्मी मुस्करा दी।

मां ने एक बार गौर से कम्मी के शरीर की ओर देखा।

"हां मां!" और फिर कुछ देर चुप रहकर कम्मी कहने लगी, "औरत की कोख कभी बांझ नहीं होगी मां! यदि औरत की कोख बांझ हो गई तो ये ज़िन्दगी के हादसे किसके साथ खेलेंगे?"

○○○